VIS-À-VIS

8 rue Brillat-Savarin 75013 Paris
https ://souffles-litteraires.fr/

ISBN : 978-2-492027-37-6
ISSN : 2728-610X
Dépôt légal : février 2023

ISBN du livre numérique : 978-2-492027-38-3

Couverture : Julien Schwartz
Texte : Laure Gombault

Laure Gombault

Vis-à-vis

Roman

Souffles littéraires

« Aucun livre ne peut nous sauver de notre vie. Aucune parole ne sait recueillir ces éclats qui nous reviennent et nous élancent, empêchant le soir de descendre, la paix de venir. »

Christian Bobin, *Le huitième jour de la semaine.*

LUI

Je suis un voyeur. J'ai bien des défauts, mais celui-là m'était inconnu jusqu'ici. Il me fait honte. Pourtant, ce n'est pas mon genre de regarder les femmes. Encore moins une femme à sa fenêtre. Son balcon se trouve face au mien, à l'angle de la rue de la Petite-Pierre. Il y a un an, je me suis installé au sixième étage de cet immeuble parisien à la façade blanche. Ces fenêtres sont restées closes de longues semaines, et, au début du mois dernier, elles se sont ouvertes sur cette femme. Je ne distingue pas bien ses traits. Je crois qu'elle vit seule.

Depuis, chaque matin, j'attends le moment où ses bras vont s'ouvrir avec cette grâce d'un salut au soleil. Je le prends pour moi. C'est peu de chose. C'est beaucoup.

Je n'ai pas choisi de me cloîtrer dans cet appartement sous les toits gris au milieu des pigeons. Avant, j'ai vécu ma vie en bas, sur les trottoirs et les boulevards, sur les rails et parfois en plein ciel. J'ai voyagé pour le compte de prestigieuses expositions, emportant des toiles de maître, comme un père se targue de présenter ses enfants. Enfin, j'imagine, car, à quarante ans, je n'ai fondé aucune famille. J'ai même veillé jalousement à mon célibat. Pourquoi s'encombrer d'une seule femme quand plusieurs vous attendent à New York, Bombay, Tokyo, Berlin ou Paris ? J'ai consacré ma vie à exposer des peintures dont certaines ont traversé le temps, même si le siècle des Lumières reste ma spécialité. J'ai travaillé comme conservateur au musée du Louvre durant dix ans avant de passer dix autres années à enseigner l'histoire de l'art en Europe, en Asie, en Orient et en Amérique du Sud.

Aujourd'hui, il me reste l'écriture, la rédaction d'articles traduits dans le monde entier. Seulement, je ne me rendrai plus dans les antres sacrés des musées aux quatre coins du globe. Cette période est révolue. Je suis ce quadragénaire confiné dans cet appartement, parmi une kyrielle d'objets d'art, de gravures, de toiles aux empâtements successifs, encadrées de dorures anciennes. L'écrin de ma solitude. Car j'ai déserté les hommes. Dorénavant, mon univers étreint les murs de ce séjour dans lequel j'écris quinze heures par jour. Le reste du temps, je m'allonge sur mon lit bateau, dans une chambre aux lambris blancs sans autre compagnie que mes livres, à tenter en vain de chercher le sommeil. Désormais, c'est ma vie, celle avec laquelle je compose. Rien ne pourrait m'en déloger.

Ce matin, comme chaque matin, elle se cale dans son fauteuil et plonge son regard dans les pages de son livre. J'aimerais savoir ce qui la fige avec une telle constance. Un auteur du dix-neuvième siècle, le dernier Goncourt ou un recueil de poésie ? À ce jour, je n'en ai aucune idée. Je ne connais d'elle que sa silhouette fine et ses cheveux sombres, son cou légèrement penché en avant, ses longs bras prolongés par des mains grandes ouvertes sur des volets lasurés qu'elle referme contre sa poitrine à la tombée du jour. Parce qu'il faut bien que je la nomme, je l'appelle Virginia, oui, comme Virginia Woolf dont j'ai lu toute la correspondance. Virginia est une héroïne mystérieuse. Elle ne sait pas que j'imagine ses pensées. Elle m'offre la seule compagnie qu'il me reste. La regarder m'empêche de renoncer totalement au genre humain.

Sinon, sous mes yeux, il y a le mouvement de la rue, les scènes ordinaires des trottoirs, la vie trépidante des citadins, et un peu plus loin sur la droite, entre les arbres du jardin Émile-Gallé, la flânerie des touristes qui s'abandonnent sur un banc à l'ombre des érables.

Aujourd'hui, je décide qu'elle lit une nouvelle de Maupassant, avec ce qu'il y a de mystère au milieu d'une campagne sage. Elle s'y sent bien, on dirait. Elle n'a toujours pas relevé la tête. Dans peu de temps, il sera l'heure du déjeuner et elle passera dans la pièce d'à côté, je la verrai fouiller dans ses placards, poser sa casserole sur sa cuisinière et attacher ses cheveux. J'imaginerai les effluves d'une soupe aux légumes du soleil. On est en mars, bientôt, elle dénudera ses bras et ouvrira en grand ses fenêtres. Aucun filtre ne s'interposera entre nous.

Attention, là je recule un peu, elle a tourné la tête dans ma direction. Je ne veux pas l'inquiéter. Je ne suis pas homme à faire peur aux femmes. Du moins, je ne l'ai jamais voulu. D'ailleurs, la peur, je ne me l'inflige qu'à moi-même. Mais c'est une autre histoire. Je ne veux plus la convoquer. Alors je reste là, retiré de mon passé, de mes amis, de mes collègues, de ma famille. C'est ainsi. Il me semble que je m'y habitue. Pas toujours néanmoins. Pas quand je la vois. Pas depuis un mois.

ELLE

J'ai assez de livres pour tenir encore longtemps. Pour le reste, Jasmine a oublié de m'acheter du henné, et cette odeur familière me manque. J'espère qu'elle pensera à me rapporter des flacons d'huile d'argan et d'eau de rose, les miens se vident à un rythme alarmant. Désormais je pourrais m'en passer, car à qui d'autre qu'à moi serais-je tentée de plaire ? Je suis condamnée à ne voir personne, sauf ma sœur, mais je ne crois pas que ce soit son jour. Elle vient chaque mardi m'apporter de quoi manger et lire. Je jouis de sa seule compagnie, mais en général elle ne s'attarde pas, son travail lui dévore tout son temps. J'attends les livres qu'elle emprunte pour moi à sa bibliothèque de quartier. Lire m'est plus nécessaire que manger, elle le sait, Jasmine. Sans les livres, je ne serais sans doute plus, elle le sait aussi. Je lui ai réclamé les romans de Modiano, pour marcher dans les rues, ou plutôt pour arpenter les rues de la capitale. Une capitale intime. Il me reste alors le droit de rêver aux enchevêtrements des ruelles, des quartiers, de longer des cafés ou des squares, de traverser des boulevards. Je me contente de peu, et c'est déjà beaucoup. Les livres, j'en lis plusieurs par semaine, ce sont mes voyages. Parfois je me rends dans des contrées lointaines, mais le plus souvent je chemine à l'intérieur de moi ; la littérature soigne mes cicatrices. Elles sont profondes et anciennes. Mais je n'aime pas m'y attarder. Je suis tranquille ici. C'est mon havre de paix.

Ma vie s'est rétrécie aux murs de ce deux-pièces où je circule du séjour à la cuisine, et de la cuisine à la chambre. Aucun barreau n'obstrue l'horizon. Enfin si, en face, cet immeuble aux balcons décorés et aux baies vitrées qui réverbèrent la lumière. Au-dessus, ses toits fiers se parent de tuiles grises ou bleues, selon l'humeur du jour. Et au-dessus encore il y a le ciel. Ça n'a pas de prix.

Sur ma gauche, en fin d'après-midi, le square s'anime des rires des enfants. Cette joie innocente me fait du bien. En général, c'est l'heure où je bois mon thé. Lui aussi il observe les enfants. Cet homme en face. Je l'aperçois à sa fenêtre. Il semble, comme moi, inscrire sa vie à ses vitres fouettées par les pluies ou chauffées à blanc par le soleil. C'est une vie lente, autant que la mienne. Je ne suis là que depuis quelques semaines et je me demande depuis quand il s'est figé à cette place. Il croit sans doute que je ne le vois pas. Au début, j'ai cru qu'il observait la rue, mais je vois bien qu'il m'observe moi. Même derrière ses carreaux et à une dizaine de mètres, l'intensité de sa présence me gêne, j'ai appris à devenir invisible, à me méfier. Car il faut rester sur ses gardes. Je ne suis pas paranoïaque, j'ai dû me terrer là ; j'ai mes raisons.

En attendant, mon quotidien s'étire, je tente de m'imposer un rythme, parce que je ne veux pas me laisser aller. Chaque matin, mon réveil sonne à sept heures, alors je chauffe l'eau de mon thé, puis j'ouvre les volets, et déjà il se positionne, légèrement décalé derrière son rideau. Lui-même tient une tasse à la main. Mais qu'attend-il ? Ensuite, je prends une douche, je sens l'eau glisser sur mon corps, chaude, réconfortante. Puis je m'habille. Je change de vêtements chaque jour. J'aime varier mon image, à défaut de mon quotidien. En effet, pour le reste, ce sera lire, écrire, écouter les informations, préparer mes repas, échanger rapidement avec Jasmine quand elle vient, me coucher chaque soir à vingt-deux heures trente. Et recommencer.

Je sais qu'il connaît mon emploi du temps par cœur. S'il ne me voit pas, il me devine. Il aimerait sans doute se frayer un passage dans mes pensées. Mais il ne sait rien de moi, rien d'autre que ces petits faits et gestes du cycle étouffant de mes jours. Aujourd'hui, j'ouvre mes volets sur les premiers bourgeons du parc. Les érables se parent de dizaines d'œilletons. Eux aussi attendent que le temps passe pour déployer leurs branches. Ils attendent la sève qui fera frémir leurs feuillages tendres.

Parfois, je rêve de descendre dans la rue. Qu'enfin on me remarque, qu'on ne regarde que moi. Des hommes, des femmes, des enfants, je l'espère de tous sauf de cet homme, ce voyeur dont j'ai peur qu'il perce mon secret à force d'user ses yeux à mes fenêtres. Mais comment le pourrait-il ? Serait-ce possible qu'il me surveille ? Quand je l'observe traverser avec sérénité son salon en direction de sa cuisine, je me persuade que je n'ai rien à craindre. Au début, j'ai cru à un vieillard, mais, à force de l'épier, je me rends compte qu'il ne doit pas avoir atteint la cinquantaine. A priori, il vit seul. Son appartement se prolonge côté rue adjacente à la mienne. À moins qu'il ne soit affligé d'un handicap, je ne comprends pas pourquoi cet homme en pleine force de l'âge se confine chez lui. De quelle infirmité souffre-t-il ? Pas de troubles moteurs, on dirait. D'insomnie peut-être, car il mélange le jour et la nuit. Ses volets restent ouverts en permanence, comme s'il ne voulait rien manquer des animations qui rythment le pavé sous nos yeux, ce flot continu de voitures, de piétons, les pas hésitants des travailleurs de l'aube ou traînants de ceux de la nuit.

Là je suis allongée. J'aime ce moment où mes muscles s'abandonnent au silence de l'obscurité et quand mes ruminations cessent enfin. Dans cet espace, je savoure une paix réconfortante et je ne m'inquiète plus. Malgré cette planque, ce délitement des heures creuses et absurdes, cette peur qu'il me retrouve.

LUI

Cette nuit, je suis descendu à la boîte aux lettres. À cette heure où chacun dort, mes jambes flageolent et mon cœur tambourine. La moquette étouffe le bruit de mes pas, et les battements de ma poitrine résonnent jusque dans mes oreilles. Depuis quelques mois, j'y parviens, je descends et remonte mes six étages, c'est une bataille quotidienne. Cela pourrait sembler anecdotique pour la plupart des gens, mais moi, courrier en main, quand je referme ma porte, me voilà fier comme un gamin qui aurait réussi à défier un monstre sanguinaire. Et chaque nuit, ce combat intérieur m'épuise. Qui pourrait comprendre, à part un enfant lâché dans l'arène d'un cauchemar ?

Je rêve d'être cet oiseau qui vole au-dessus de la rue et que j'observe de mes fenêtres. Comme lui, je me poserais sur un des arbres du square et chanterais l'arrivée du printemps. Et si cette femme immobile face à moi pouvait m'y rejoindre avec ses petites pattes frêles et sa gorge rouge ? Entraînés par le vent frais du matin, nous planerions par-dessus les toits à travers les nuages. Je divague, comme chaque fois que mon esprit me plonge dans cet espace fragile entre veille et sommeil.

Une fois les lettres décachetées, publicités, factures, rendez-vous de syndic, je gagne mon lit en décomptant le rythme de ma respiration, comme on me l'a appris. Je suis un soldat, je répète ce que l'on m'a enseigné pour calmer le chaos de mes pensées. Mais fini la noirceur. Demain matin, je m'accrocherai à son visage solaire. J'imaginerai son beau sourire derrière la vitre, et cette image m'accompagnera jusqu'au sommeil. Elle ne sait pas le pouvoir de sa présence sur l'immobilité de mes jours. Ce serait effrayant bien sûr. Pauvre fou que je suis.

Je n'ai pas toujours été ainsi. En d'autres temps, j'ai traversé d'autres batailles. De vraies batailles contre des ennemis bien réels. Les balles sifflaient autour de moi et je me protégeais derrière les dunes. J'avais appris à viser les têtes de misérables gars saturés d'adrénaline comme moi, après de longs mois d'entraînement dans les déserts du Moyen-Orient. Je ne savais pas encore que j'étais leur pantin. Ma jeunesse leur assurait courage et efficacité ; l'héroïsme de l'enfance. Qui étais-je d'autre à dix-huit ans, enrôlé dans cette troupe d'élite, si ce n'est un gosse mal dégrossi ? Mon père y avait cru, lui. Faute d'intégrer les prestigieuses écoles de la République, j'irais défendre mon pays. Puisque j'avais raté mes concours, l'armée m'éduquerait et je pourrais m'exhiber en bottes et en uniforme sur nos photos de famille. Mais voilà, mes portraits n'ont jamais tapissé nos murs. Bien sûr, je ne suis pas mort, enfin, si, j'ai fini par déserter ce corps héroïque, ou plutôt ce corps a eu raison du mien, un corps atone, un corps qui continue à se battre, mais cette fois contre lui-même. C'est une lutte inégale, un ennemi invisible et tyrannique ; un adversaire plus puissant que la réalité. C'est ce que m'avait expliqué ce médecin avant de me prescrire une camisole chimique à l'hôpital militaire. Il y a longtemps que j'en suis sorti, seulement la camisole n'a pas desserré son étreinte. Aujourd'hui, j'ai fini par abandonner les pilules. Je me suis réfugié entre ces murs sur lesquels aucune médaille ne trône. Des murs remplis de tableaux qui me protègent de cette terreur. Je ne porte plus d'armes. Je suis seul contre tous. Enfin presque. Il y a cette femme à sa fenêtre. Comme moi. Chaque jour. Nous sommes deux. Mais elle, pourquoi fuit-elle le monde ? De quoi a-t-elle peur ? Il faudra bien que je le lui demande. Cet espoir me porte. J'aimerais lui faire un signe ; un seul geste d'elle me procurerait une de ces joies d'enfance qui fait sautiller sur place. Allez, Virginia, ne crains rien. Que penserais-tu d'une tasse de thé servi avec un soupçon de lait, nous deux devisant comme de vieux amis ?

Des amis, j'en ai eu après l'armée, quand j'ai repris une vie normale et me suis inscrit en histoire de l'art à l'université. Oui, l'art m'a sauvé de la sauvagerie. Alors que j'étais encore convalescent, je sortais du cabinet de mon psychiatre ce jour-là et j'ai remarqué un antiquaire derrière sa vitrine qui installait une immense toile sur son chevalet. C'était une de ces peintures qui décorent le dessus des cheminées de châteaux, une scène de chasse du dix-huitième siècle. D'un coup, j'ai ressenti des papillons dans le ventre. Au début, je n'ai pas compris pourquoi. En me rapprochant, au centre de la toile m'est apparu un cerf ; ses yeux affolés, ses muscles, son cou tendu, le museau baveux. Il savait la mort imminente. En cet instant, face à ce cerf prêt à bondir, j'ai éprouvé sa peur, la certitude que rien ne nous sauverait. Alors, je suis entré dans la boutique et j'ai demandé combien coûtait ce tableau. Il deviendrait le premier d'une collection, qui de ce jour n'a pas cessé. L'œil du cerf pour rester vigilant, garant des peurs à venir. Aujourd'hui, cette œuvre trône face à mon lit. Parfois, je m'autorise à ne plus regarder l'œil, je l'évite depuis que la femme s'est imposée. Je préfère l'encadrement de sa fenêtre, une toile plus colorée, ouverte aux promesses du printemps.

Ce soir, elle a regardé longuement le ciel. Des étourneaux volaient en nuée dans la même direction, vifs et coordonnés, un ballet en quête de lumière à travers les nuages bas. Peu à peu, cette pluie d'ailes s'est transformée en grêle hostile dans les derniers rayons du soleil. Je n'ai pas voulu croire aux mauvais augures. J'ai voulu retenir l'empreinte du rose déchirant le gris, et son visage en filigrane.

ELLE

Il ne sait pas que chaque soir je m'endors avec Pinpin. C'est un lapin en peluche bleu, rapiécé, fatigué, témoin des douleurs indicibles. Il veille sur mon sommeil. Je caresse ses oreilles râpées, les lisse entre mes doigts jusqu'à ce que la nuit m'emporte. Au réveil, je le cale entre mes oreillers, et il m'arrive de lui confier mes rêves, au point de revoir l'enfant le serrer contre sa poitrine dans ce petit lit en bois. Qui pourrait croire, en me voyant sèche comme une branche, qu'en d'autres temps mes seins débordaient de lait et mes lèvres fredonnaient des comptines ? Mais je ne veux plus convoquer ces images ; la nuit y suffit. Alors, je me lève et me dirige vers la cuisine pour me servir un café. Je l'aime fort et parfumé, et, tasse en main, je me colle déjà à la fenêtre. J'ai cru apercevoir son bras bouger, un salut timide. Je me sens si seule que j'ai pu l'imaginer. Je prends des risques à m'exposer ainsi. Pourtant, cette transgression me fait du bien. Je me fais l'effet d'une gamine excitée par l'imminence d'une bêtise. En cet instant, seul ce plaisir coupable m'obsède, coller mon nez à la fenêtre, m'apprêter comme une actrice entrerait en scène. Me voilà face à mon auditoire, en l'occurrence cet homme qui attend patiemment que les rideaux se lèvent. Notre petit jeu d'acteurs. Une complicité déjà. Car je m'habitue à cette silhouette figée à son poste d'observation comme un soldat aux aguets. Quelquefois, je crains qu'il me reconnaisse, que cet homme en face me braque avec son fusil à lunette. Ce serait peut-être plus simple ainsi. L'enfant, le lapin et moi, nous nous retrouverions.

Je chasse cette pensée. Je refuse d'y croire vraiment. Aujourd'hui, une lumière rosée fond sur les toits et les terrasses. Quelques traînées grises déchirent le ciel. Cette beauté me gifle, me rappelle à la vie, au sel de la vie. Je goûte ces miracles insignifiants, ce qui m'est encore donné à vivre, l'odeur du pain grillé qui s'échappe de chez la voisine, l'enfant qui sautille en bas, le couple de mésanges qui chahute au balcon, et cet homme tapi derrière son rideau retenant ses mystères. Le voir et savoir qu'il me voit m'oblige à me réinventer. Je ne suis plus celle que je suis. Je ne suis plus invisible. Cet homme redessine mon corps, un corps derrière une fenêtre, c'est mieux que rien. Car, pour le reste, il vaut mieux qu'on m'oublie. Je viens d'une terre inhospitalière où la place d'une femme représente peu de chose. Et quand cette femme a commis l'irréparable, alors elle doit disparaître. La mort, je l'ai désirée bien sûr, souvent, mais elle lâche peu à peu son emprise dans ces jours simples qui ne justifient aucun désir, aucun amour, aucun avenir. Les jours défilent pour ce qu'ils sont, des jours de soleil ou de pluie, de longues heures rythmées par l'appel de la faim, de la soif, du repos. Et les livres évidemment, la vie par procuration que m'offrent les livres. À travers eux, l'espace me semble plus vaste, ils suturent ces plaies qui me grattent. Mais par-dessus tout, ils m'emmènent ailleurs, partout sauf là où j'étais, là où je suis. Entre les mots, je m'invente mille vies, mille possibles. C'est comme un rêve qui ne me quitterait pas, un rêve où mes battements de cœur continueraient à s'accrocher. Parfois, l'idée de l'homme en face me dérange. Il vient dérégler la mécanique huilée que j'entretiens. Attention à ne pas me faire piéger. Attention à ne pas sortir des ornières des rêves. Tout est si fragile. Il y a des jours où je m'oblige à le faire disparaître, mais ça devient de plus en plus difficile tant sa présence cogne aux carreaux. Il a abandonné la vie lui aussi, c'est pourquoi je n'éprouve aucune colère contre lui, non, plutôt une certaine hésitation, comme croire en une âme sœur qui me comprendrait.

L'été arrive à grands pas et Jasmine va partir là-bas pour deux mois. Comment peut-elle s'y résoudre ? Il faut croire qu'on ne peut pas oublier d'où l'on vient, que c'est impossible autant pour elle que pour moi. Mais, pour moi, il n'y aura pas de retour. Mon exil ressemble à la mort ;

au fond, ma disparition les soulage tous. Quand ma mère s'en ira, alors il n'y aura plus personne pour se souvenir de moi. Quoi qu'on ait fait, une mère vous garde dans son cœur. Et une sœur, il faut croire. Car Jasmine est dans le secret. Jasmine est ma sœur cadette. Elle risque gros elle aussi. Quand septembre la ramènera à moi, je ne lui poserai aucune question, elle reviendra, voilà tout.

Ce matin, il y a de nombreux joggers en survêtement coloré. Nous sommes dimanche. La cloche de l'église Sainte-Marguerite chante par-dessus les toits. J'imagine ses fidèles défiler avec déférence dans sa nef, prier pour leur âme ou celle de leurs proches. Ensuite, ils s'arrêteront dans leur pâtisserie préférée et s'attableront en famille. Chez nous, les familles sont grandes, si grandes qu'il faut plusieurs jours pour clôturer les festivités. Quand je vivais là-bas, l'emprise familiale m'étouffait ; dès l'enfance, je fuyais ces cousins, oncles et tantes bavards et intrusifs. Mais je les aimais. L'amour demande des sacrifices, paraît-il. La liberté, bien davantage. Elle se paie cher. Très cher. Je sais de quoi je parle. Quelquefois, j'aimerais me fondre dans une réunion de famille, pas la mienne, non, celle des gens d'ici, de leurs amis, de leurs voisins. Mais je ne connais ni amis ni voisins. Peut-être un peu cet homme en face, mais si peu. Tout à l'heure, il s'est installé sur son balcon avec un livre. Je crois qu'il s'est endormi. J'aimerais observer son visage à la jumelle. Chez moi, on ne regarde pas les hommes. Il faut le faire à la dérobée, on s'entraîne très jeune, tout comme eux volent nos corps derrière nos manteaux. On le sait tous. L'hypocrisie est la règle, elle régit notre société. Je suis née à Rabat, comme Leïla Slimani, cette romancière féministe dont j'apprécie le style. Son dernier roman m'attend sur la table de nuit, ce sera une nuit d'insomnie à n'en pas douter. La France est mon deuxième pays, et mon asile. J'ai toujours parlé français, le protectorat est un héritage récent. J'aime cette langue et je l'écris. Je remplis des petits carnets dans lesquels mes pensées se déploient en boucles rondes et charnues. Des pensées qui ne souffrent aucune censure, dès l'adolescence j'enfouissais cette liberté sous mon matelas. Heureusement, il n'est jamais tombé dessus. L'autre homme. Pas celui d'en face, celui qui veut ma perte. Celui avec lequel j'ai vécu avant de venir me réfugier ici. Sur cette terre ocre où ma famille vit depuis des générations au bord du fleuve Bouregreg.

Mais pour l'heure, mon horizon se teinte de vert-de-gris, ce mariage unique entre le gris clair du zinc et le gris plus foncé de l'ardoise. Les toits de Paris m'offrent un bouclier protecteur, comme ce voisin. Puisque je ne sais rien de lui, j'aime l'idée qu'il s'enferme pour mieux me protéger.

LUI

J'ai le sentiment que cette femme et moi ne renonçons pas. C'est à l'intérieur de nous. Je l'ai compris il y a peu. Sans doute à cause de la façon dont elle convoque le ciel quand elle ouvre ses volets. Quelque chose l'a désertée, mais une force inconnue l'habite. Je ne sais pas de quel ordre. J'apprendrai de ses gestes, des détails indicibles, des petits riens bavards, de ses désirs cristallisés dans l'air qui soufflent et me décoiffent. Vous pensez que je suis un pauvre fou, eh bien oui, je le suis. Un de ces êtres névrosés dont la moindre éraflure se transforme en gangrène. D'autres diraient un hypersensible. C'est vrai, je souffre d'être trop émotif, c'est mon plus grand drame, mais c'est aussi une force. Cela me permet d'éprouver ce dont la plupart des gens sont privés, même s'il m'est plus profitable d'en être empêché. Car cette affection plombe mes ailes, m'oblige à entrer en moi au point de disparaître. Bien sûr, il y a eu ces années à enseigner et à magnifier des chefs-d'œuvre, mais, déjà à cette époque, je sublimais le monde pour mieux fuir les hommes, je voulais échapper à leurs étranges socialités. J'ai adopté une posture d'intellectuel, préféré le silence, le sacré, aux plaisirs de la vie. Enfant, on me disait secret et taciturne. Seules les femmes m'apaisaient. Auprès d'elles, je me sentais bien. Je ne parle pas de sexe, bien que j'aie aimé m'y réfugier, non, je parle de leur sensibilité, de leur douceur et de leur force. Les femmes m'ont toujours fasciné et je regrette d'être né homme. Si j'avais été une d'entre elles, on ne m'aurait pas lâché dans la guerre, je ne serais pas devenu un assassin. Mais pour l'heure ce qui compte, c'est d'aller plus loin que la boîte aux lettres. Il faut que je foule les pavés, traverse les boulevards. L'idée même me fait transpirer. Mon rythme cardiaque s'accélère. Qui n'a pas vécu une attaque de panique ne sait pas ce que signifie la détresse. Qui ne s'est pas frotté à une mort imminente, réelle ou imaginaire, ne peut comprendre cette terreur qui paralyse tout l'être. Bien sûr, cette peur est d'autant moins acceptable quand elle est fictive, surtout à mon âge. On m'a parlé de thérapie comportementale. Mais, pour cela, il faut se rendre dans un cabinet moquetté à l'intérieur d'un immeuble chic et s'allonger sur un divan derrière un bureau. Il faut prendre le métro, puis marcher et croiser des passants, entrer dans un ascenseur et s'installer dans une salle d'attente. En somme, supporter un autre parcours du combattant. Une épreuve qui pourrait paraître futile quand on a, comme moi, rampé dans un désert sous le feu des mitrailles. Il faudrait alors une fois de plus dérouler le film, tout ce sable, ce sang, ces cris, cette poussière. Et cette peur qui vous fait pisser dessus. À tout prendre, je préfère me soustraire au monde et regarder cette femme.

Elle ose rarement se pencher, comme si elle craignait de tomber. Ou alors, elle a peur qu'on la remarque. Pourquoi ne sort-elle jamais, elle non plus ? Ce serait une sacrée coïncidence que nous partagions la même affection. Serait-ce possible qu'elle aussi tremble, transpire, panique à l'idée même d'entrouvrir sa porte ? Je n'y crois pas. Il y a autre chose, une chose qui la retient, peut-être un mari jaloux, mais je ne vois aucun mari, quelquefois une femme, sans doute une femme de ménage, car celle-ci se présente chez elle chaque mardi à la même heure. Elle monte une heure à peine, puis quitte l'immeuble ; une femme aux cheveux noirs, à l'allure souple, toujours pressée. Quand elle apparaît de la rue Neuve-des-Boulets, elle traîne un cabas qui la fait tituber, et quand elle repart, le cabas délesté, ses pas plus légers lui confèrent une allure primesautière. On dirait qu'elle s'est allégée d'une chose grave. Ou alors, c'est une infirmière. Mon inconnue serait malade ! Cette idée me rend fébrile, elle me donne envie de dévaler quatre à quatre les marches de l'escalier, de me jeter dans la rue, de gravir ses étages et de lui dire de ne pas s'inquiéter, que je suis là, que je vais veiller sur elle.

Suis-je si seul pour m'attacher à une femme dont je ne connais rien, pour fantasmer sur une silhouette derrière une fenêtre ? J'aurais pu prendre un chat ou entamer une relation sur un site de rencontre, mais aucune de ces options ne m'intéresse. Je suis devenu ce célibataire misanthrope cloîtré parmi ses tableaux. S'il m'arrivait malheur, on retrouverait sûrement ma dépouille en décomposition au bout de plusieurs mois. Qui me pleurerait ? Je n'ai pas revu mon père depuis dix ans ni ma sœur avec laquelle pourtant j'entretenais de bons rapports. Mais voilà, depuis que mes symptômes sont réapparus, je la fuis elle aussi. Il lui est arrivé de venir sonner à ma porte. Je sais que mon silence la blesse ; enfants, nous étions complices, de cette complicité qui vous rend l'enfance plus supportable. Car l'un comme l'autre nous subissions le joug de notre père, cet homme dur qui projetait sur nous ses désirs d'ascension sociale. Nous nous sommes arrangés pour bien le décevoir. Véronique est devenue secrétaire médicale et moi, un écrivaillon. Quant à notre mère, elle a fini par se réfugier dans l'alcool. Notre existence ne la concernait plus, elle avait bien compris la leçon. Elle est morte d'un cancer de l'estomac il y a huit ans. À cette époque, Véronique et moi, nous nous étions revus à son enterrement, mais je refusais de revoir mon père depuis mon exclusion de l'armée. Mes symptômes ont provoqué ce déclic salvateur pour mieux fuir cet homme désireux de me façonner à son image, en manipulateur cynique et autoritaire. Certaines nuits, il m'arrive de me réveiller en sursaut. Il s'agit toujours des mêmes scènes. Ses traits se déforment sous l'effet de la haine, ses yeux deviennent fous, ses hurlements transpercent mes tympans, et déjà je me protège le visage sous la peur des premiers coups. Après, je me réfugie dans ma chambre, j'appelle ma mère, en vain, puis je sombre dans le sommeil comme on se plonge dans un grand calme souverain. Parfois, la maladie vient vous dicter ce qui est bon pour vous, et pour moi c'était sans conteste me soustraire à mon géniteur. Pour ma sœur, ce n'est pas juste, elle ne mérite pas mon silence. Je crois que c'est parce qu'elle n'a pas su me protéger, j'ai fini par me l'avouer. Mais comment aurait-elle pu elle-même affronter la colère paternelle ? De temps à autre, ma gorge se serre en pensant à elle, surtout dans ces instants où la solitude me broie, quand l'œil du cerf me fait trop mal. Mais, depuis la présence de la femme, la mélancolie desserre son étau, quelquefois même je m'étonne de chantonner sous la douche. Depuis peu, quand je me rase, je me regarde dans le miroir de la salle de bains, et il m'arrive de me trouver séduisant. Bien sûr, pas au point de me prendre pour Georges Clooney, pourtant, à une époque, mes maîtresses vantaient l'ovale de mon visage, mes yeux ténébreux et mes cheveux fournis. Dans ces moments, je quitte mon jogging et j'enfile pantalon et chemise, ceinturon et mocassins. Je termine par un soupçon d'*Habit Rouge*, le parfum qui trône sur ma tablette et que je boude depuis des années. Et enfin, je revêts une veste, la bleu marine, ma préférée, celle que j'emportais dans mon tour du monde muséal. Alors, on pourrait croire que je vais saisir mon cartable d'une main et mes clés de voiture de l'autre, surprendre, satisfait, mon image dans le miroir de l'entrée avant de claquer la porte et me jeter dans une de ces journées exaltantes à entreprendre galeristes ou conservateurs de musée. Seulement, je me dirige vers la cuisine, fais couler un expresso et me poste en sentinelle à ma place habituelle, légèrement de profil face au côté droit de la baie vitrée en attendant que ma voisine entre en scène. Alors, comme chaque matin, quand elle apparaît, mon pouls s'accélère et mes lèvres s'étirent dans un large sourire.

ELLE

La femme pousse le landau avec difficulté. Un autre enfant est accroché à sa jambe, il ne semble pas avoir atteint l'âge de deux ans. Il est seize heures et, comme chaque jour, elle vient de sortir de l'immeuble pour se diriger vers le parc. Je penche la tête jusqu'à ce que je ne puisse plus la voir. Si elle décide de s'installer sur le banc en face du toboggan, je la perdrai de vue, mais si elle choisit celui qui se trouve en face du bac à sable, alors je pourrai prendre mes aises pour les observer, l'enfant et elle, et ce, jusqu'à tant qu'ils quittent les lieux. C'est une femme d'une trentaine d'années, j'imagine qu'elle est leur mère, et non une de ces nombreuses nourrices qui fréquentent le quartier. Je le vois à sa façon d'étreindre ses enfants, à son besoin de les retenir contre elle, comme s'ils pouvaient grandir d'un coup et s'envoler. Quand je la regarde, mon cœur se serre, je sais de quel amour elle se façonne. Une pointe me traverse le ventre. Elle ne lâche pas des yeux l'aîné, qui s'est précipité pour escalader cette structure en forme de château fort. J'imagine qu'elle lui dit de faire attention à ne pas tomber, ces paroles inutiles pour l'enfant dans l'urgence de sa joie. Je pense qu'ici ou dans n'importe quel point du globe les mères sont immuables, habitées par la même inquiétude. Et elles ont raison. Elles savent que si le pire devait advenir, elles ne s'en relèveraient pas. Ensuite, ce serait une vie en marge de la vie, rien n'aurait plus d'importance. Sur mes genoux, le lapin aux oreilles râpées voudrait retenir mes larmes, mais celles-ci aiment bien trop déborder. Alors, je les laisse se répandre et je frotte mon visage sur la tête dodelinante de la peluche. C'est une sorte de rituel, notre moment de recueillement, puisqu'il n'y a pas de tombe, pas de terre à ratisser ni à embellir de fleurs.

La mère et ses enfants regagnent l'immeuble, et

j'abandonne la chilienne et ma peine. Je m'en vais chauffer l'eau de mon thé, puis, avant de traverser le séjour, je vérifie si l'homme a quitté sa garde, si lui aussi s'affaire à quelque habitude domestique.

Ma vie déborde des mots que je ne dis plus, ni à l'enfant ni à l'homme qui m'a fait l'enfant. Je revis l'histoire sans cesse, et sans cesse l'histoire se réinvente de ses si, de ses pourquoi, de ses insondables scènes tragiques après la courte période d'espérance, celle où je m'étais livrée à ma belle-famille, et surtout à l'homme que je venais d'épouser. On m'avait affublée de plusieurs caftans colorés et de bracelets scintillants, la joie irradiait les sourires, les chants et les danses nous honoraient lui et moi. Les gens du douar arrivaient de partout pour se joindre à la liesse. Nos deux familles avaient longuement négocié les préparatifs. Mon fiancé m'avait offert des bijoux et des vêtements, comme le veut la tradition. La veille, le versement de la dot avait scellé les festivités. La *negafa*, c'est-à-dire la marieuse, et les femmes de ma famille m'avaient accompagnée au hammam avec leurs youyous pour le bain maure, et puis avait suivi le rituel du henné. Le soir, on nous avait hissés sur des plateaux en bois décorés et nous trônions fiers et beaux sur une estrade, exposés au bonheur de tous. Pourtant, déjà, j'avais un mauvais pressentiment.

LUI

Chaque jour vers seize heures, elle semble hypnotisée par le parc. C'est comme si l'absence l'avalait tout entière, comme si elle quittait ce monde durant de longues minutes. C'est étrange, elle serre quelque chose entre ses mains, je ne le vois pas bien de là où je suis. Son corps inerte vibre d'une histoire douloureuse, je le sais, je le sens. Ses doigts retiennent l'objet comme une partie d'elle-même, celle qui m'est inconnue, celle que j'aimerais connaître, oui, la fréquenter, j'aimerais tant qu'elle le veuille. Mais comment l'approcher ? Peut-être pourrais-je commencer par lui adresser une lettre dans laquelle je l'inviterais à venir boire un verre chez moi, mais, assurément, elle me prendrait pour un de ces dragueurs friands d'expériences sans lendemain. Non, je dois trouver autre chose, quelque chose qui ne l'effraie pas. Elle doit se poser des questions sur moi, elle a sûrement repéré mon petit manège, ma silhouette mal cachée derrière mon rideau. Je le sais à cette façon nouvelle qu'elle a de laisser traîner son regard en direction de mes fenêtres. Peut-être me prend-elle pour un pervers et compte-t-elle sous peu me manifester son indignation. Elle en aurait le droit, mon attitude est pour le moins méprisable. Mais malgré les efforts que j'entreprends pour cesser de la regarder, je n'y parviens pas. Je sais au fond que je ne souffre pas du voyeurisme communément défini par le jargon psychiatrique, je ne suis pas sous l'emprise de pulsions sexuelles. Je ne peux tout de même pas cumuler tous les vices. Dire que je ne fantasme pas serait faux, mais alors je me nourris d'un fantasme de vie, celui de rêver d'une âme sœur. Tout cela peut sembler bien ridicule à un être normalement constitué qui peut embrasser le monde réel, se jeter dans la vie, courir vers son destin. Mais moi, comment pourrais-je le faire, enfermé entre mes quatre murs ? La regarder, c'est la seule façon que j'ai trouvée pour remplir mon monde à l'intérieur, ce monde vide, cette solitude qui m'habite depuis que mes symptômes sont réapparus. Je redoute le dehors et en même temps je veux tout vivre, sortir, courir à en perdre haleine, me jeter dans la rue et dans la vie, dans sa cage d'escalier pour l'emmener. Elle seule a le pouvoir d'anéantir mes champs de bataille, ces cris, ce sang, cette peur de mourir. Elle seule peut m'aider à y mettre un terme, à détruire ces visions qui me hantent, ces images qui n'existent plus que dans mes cauchemars et dont je dois m'affranchir. Oui, demain, je veux que l'aube nous enveloppe d'une douceur inconnue, on s'y roulerait ensemble comme dans des draps frais. Encore une fois, je caresse mes chimères comme on invite une amante à se coucher contre soi. Demain, je trouverai comment faire savoir à mon inconnue que la vie nous attend, je le dirai à Virginia, dont je ne connais rien et qui m'invite à tous les possibles. Nous ne serons plus jamais seuls.

Après tout, ce n'est pas si compliqué, il suffit d'ouvrir les portes en grand, de laisser entrer l'air, respirer profondément, relâcher ce poids qui sature les poumons. J'en ai vu d'autres, j'ai rampé sur du sable brûlant, vomi mes tripes sous les tirs en rafales, me suis enseveli sous des corps encore tièdes, vidés du sang qui rougissait ma tenue de camouflage. Allez, j'y vais, la porte de mon appartement m'y invite, il suffit de baisser la poignée, de la pousser, de descendre une marche après l'autre, d'atteindre le rez-de-chaussée, de dépasser les boîtes aux lettres, d'actionner l'ouverture du portail de l'immeuble, d'entendre le mécanisme de la serrure qui se débloque et d'avancer petit à petit pour conquérir la rue. La rue, ses bruits et ses lumières, la rue qui n'est pas hostile, qui appelle à la flânerie, ses boutiques, ses trottoirs, ses odeurs, cette vie qui grouille et que j'observe de mes fenêtres depuis bien trop longtemps. Alors, à mesure que j'avance, mon cœur se calme, je traverse l'avenue et me dirige vers son bâtiment. Ma langue n'est plus sèche et mes gestes sont lents, mes bras suivent le rythme souple de mes pieds qui foulent l'asphalte. Ma tête se vide des douleurs muettes pour se remplir d'une volonté nouvelle, celle de dépasser mes peurs, et même de m'en moquer. Oui, je ris de moi, je ris de ma stupide obsession qui consiste à cadenasser ma vie, à contenir le pire, alors que le meilleur m'attend à quelques mètres. Quelques mètres seulement.

Malgré ton cœur qui cogne à se rompre et tes jambes qui flageolent, tu vas y arriver. Tu vas te placer devant cette porte d'immeuble qui te promet une nouvelle vie, tu y es presque. Tu y es. En reprenant ton souffle, tu scrutes les noms inscrits aux sonnettes de l'interphone. Doumier, Caillebotte, El Mounir, Garavian, Baptiste, Maringot… Et puis tu remarques une sonnette sans nom, celle du dernier étage. Comme une intime conviction, tu sais qu'il s'agit de la sienne. Oui, c'est elle. Ton inconnue n'a pas de nom. Comme une évidence, tu comprends. Elle se cache de tous, et même de toi. Tu hésites, pourquoi violer son besoin de silence, son besoin de se retirer du monde, de se soustraire à la vie comme toi ? Pourtant, ton bras se lève, il doit se lever, tu connais les dégâts de cette solitude. Alors, ton doigt s'enfonce dans la sonnette. Une fois. Rien. Une deuxième fois. Tu attends encore, tu n'as rien d'autre à faire qu'attendre. Tu aimes presque cette attente qui te promet sa voix dans l'interphone. Laisse-lui le temps de réagir, de baisser le feu sous une casserole ou de poser son livre sur la table. Le temps de se figer quelques secondes, de s'offusquer de cette intrusion sonore qui se répand dans tout l'appartement. Et puis, tout à coup, derrière toi, une femme s'apprête à entrer dans l'immeuble. Tu la reconnais. C'est celle du mardi. On est mardi, tu l'avais oublié, c'est sa visiteuse. Devant ton air penaud, elle te sourit, tu te décales légèrement pour la laisser passer. Elle pousse la porte qui s'est déverrouillée. Ton inconnue l'attend, elle ne se doute pas de ta présence. La femme du mardi t'invite à entrer dans le hall. Tu la remercies d'un hochement de tête. Elle se dirige vers l'ascenseur, toi, vers l'escalier. Tu ne sais plus trop quoi faire d'autre sinon grimper les marches. Tu ne veux pas paraître bizarre à la femme de l'ascenseur. Tu continues à monter. Six étages. Ton souffle est rapide et tu t'arrêtes un demi-étage avant celui de ton inconnue. Tu te déboîtes le cou pour apercevoir quelque chose à travers la rampe de l'escalier. Et là, tu entends sa voix magnifique : « Bonjour, Jasmine ! Entre ! Tu m'as rapporté le livre de Christian Bobin que je t'ai demandé ? Ah oui ? Merci, ma sœur ! » Puis tu perçois le claquement de la porte qui se referme. De là où tu te trouves, tu n'as pas pu voir son visage. Mais sa voix résonne en toi comme une mélodie envoûtante. Une voix suave, un accent venu d'une terre d'Orient. Tu connais cette inflexion de voix, du temps où tu voyageais ou de celui maudit de ta guerre des dunes, tu ne sais plus.

D'ailleurs, tu ne sais plus grand-chose. Sauf que tu es là, que tu as réussi à atteindre cette porte comme un fou de montagne en conquiert le sommet. Alors, tu sais que quelque chose s'est libéré à l'intérieur de toi.

ELLE

Jasmine m'a apporté *Une petite robe de fête*, le livre dont je recopiais des phrases sur un carnet du temps où je me réfugiais à la médiathèque de l'institut français de Casablanca. Il était coincé entre un recueil de poésie persane et un roman de Tahar Ben Jelloun. Beaucoup d'ouvrages d'auteurs français côtoyaient des livres d'écrivains arabes dans ces travées voûtées. Dès que je pouvais, je passais des heures à lire dans ce palais feutré, et les recueils de poésie me consolaient des mots assassins qui me cinglaient par ailleurs. Car chez moi, chez mon mari je veux dire, le langage ne servait qu'une cause utilitaire ou violente. Chez mes beaux-parents, on ne trouvait aucun livre, d'ailleurs chez nous peu de gens lisent. Comme la littérature marocaine s'exprime en plusieurs langues, on y trouve de nombreux dialectes ; les auteurs combinent le français, l'arabe dialectal ou l'amazigh. Le problème, c'est qu'au Maroc le marché du livre peine à se développer, les librairies ou les bibliothèques sont rares. Moi, j'ai eu la chance d'aller à l'école, mes parents y tenaient ; ils ont fait beaucoup d'efforts, surtout mon père, pour que j'apprenne à lire et à écrire. Mon père disait : « Ma fille, la lecture te sortira de l'obscurantisme. » Dans ce cas, pourquoi m'avoir arrangé ce mariage pour éponger ses dettes ? Alors qu'il rêvait pour moi le meilleur, il m'a sacrifiée sur l'autel de la honte.

Bien calée sur ma chilienne, je lis ces lignes qui m'éloignent pour quelque temps des souvenirs de la femme traquée que je suis. Car il me cherche, je le sais. Lorsque je me suis réfugiée chez elle et que, sous mes suppliques, ma sœur leur a annoncé la nouvelle de ma fuite en Espagne, Omar n'a pas voulu y croire. J'ai repris ma liberté, et il m'en voue davantage de haine. Alors, depuis, je me cache ici et j'attends qu'il finisse par abandonner ses recherches. Car la haine transcende autant que l'amour, s'il me retrouve, je sais quel sort m'est réservé ; cet homme n'a plus rien à perdre. Il a, comme moi, déjà tout perdu. Seulement, moi, il me reste cette odeur de savon et de suçons sous les morsures des premières dents. Une odeur entêtante, déchirante, celle qu'exhale le lapin bleu, soumis désormais à mes seules humeurs. Mes doigts caressent la trame râpeuse du tissu, comme le faisait autrefois l'enfant qui n'est plus. Cette fois, je ravale le hoquet qui s'échappe de ma gorge, je refuse de pleurer déjà, j'attendrai cette heure si particulière entre chien et loup, lorsque le jour cherche à se draper de noir. Je me réfugierai alors dans son souvenir, je convoquerai son sourire, ses bras potelés, son ventre rond, et mes larmes pourront se répandre jusqu'à épuisement. Pour l'heure, je dois faire semblant de vivre, même cette vie qui n'en est plus une. Depuis peu, elle se remplit d'une présence mystérieuse, celle d'un homme sans but, un homme errant chez lui comme un touriste perdu au milieu d'un désert. Il croit sans doute qu'il a trouvé sa boussole derrière mes fenêtres, cet espoir le colle à la vitre, mais moi je ne veux éveiller aucun désir, je ne le peux plus, je suis cette femme fantôme, juste bonne à déambuler entre les pièces de ce logement que me sous-loue le patron de Jasmine. Je m'y cache. Pour quelle raison ? Sans doute par instinct de survie. Mais à quoi bon ? Jasmine me répète que le temps est un allié, qu'il faut lui faire confiance, qu'un jour la vie viendra me reprendre, comme la santé triomphe de la maladie, que ça arrive, elle dit « la résilience », moi je lui réponds que non, que je tiens à ma douleur, que tant que je la porterai, l'enfant dormira lové au creux de mes bras. Alors, elle se tait, Jasmine, elle attend, elle aussi. Et notre silence nous enveloppe, comme quand, petites, nous nous blottissions l'une contre l'autre sous l'alcôve de nos draps pour nous dérober au bruit du monde. Parfois, elle parle de notre mère parce qu'elle voudrait que je la rassure, que je lui dise, à elle, que je suis bien vivante, ici dans cette grande ville. Mais je lui ai fait promettre de se taire, de laisser croire à ma disparition, je refuse de les revoir, ma mère, mon père, et aussi mon mari et ma belle-famille maudite. Alors, elle baisse la tête, je sais qu'elle ne me trahira pas. Je sais aussi que je lui inflige une charge trop lourde. Je lui demande pardon. C'est ainsi, rien ne doit filtrer du secret qui nous lie. Je suis la grande sœur. Elle m'écoute. Surtout, elle me protège.

LUI

J'étais si près du but et je n'ai pas osé. J'ai renoncé devant la présence de sa sœur. En réalité, la peur qu'elle me rejette dépasse de loin celle d'affronter la rue. N'empêche, c'est un grand jour pour moi ; un exploit même. J'ai traversé cette rue comme on le ferait d'une mer hostile près de vous engloutir. Oui, malgré l'angoisse qui me tenaille, j'ai atteint l'autre rive, j'ai entendu sa voix, et ce n'était pas une hallucination. Je sais désormais que je peux sortir de mon antre. J'ai survécu à cette panique grâce à l'espoir de la voir, de lui parler, de la toucher même. Aujourd'hui, après bien des années, l'horizon s'éclaircit, et l'on dirait que ce ciel lumineux participe à célébrer ma prouesse. Bien sûr, je ne le nie pas, me retrouver entre mes quatre murs a calmé d'un coup l'affolement dans ma poitrine, mais il suffira de la rouvrir, cette porte, de recommencer, dès que possible, et sans doute dès demain. En attendant, je me fais l'effet d'un elfe aux pouvoirs magiques, et je vole au ras du plafond, léger comme je ne l'ai jamais été.

J'ai compris son impatience des livres. Comme moi, elle puise dans la littérature la force qu'il lui manque pour affronter la vie. À ce moment, une idée me traverse l'esprit, et si je lui déposais des livres ? Ceux qui me consolent et me donnent la force de supporter cette réclusion, nous pourrions alors échanger, nous rejoindre sur un terrain connu. Mais ce serait une fois de plus fuir la réalité, manquer de courage. Je dois m'exposer au risque de la rencontre. D'abord, lui adresser une lettre. C'est ça, « bonjour, je suis votre voisin et j'aimerais vous connaître ». C'est ridicule. Alors, quoi ? Comment faire pour l'approcher ? En attendant de trouver l'inspiration, je l'observe de nouveau derrière la fenêtre, et cette fois avec l'intuition que quelque chose va se passer, quelque chose qui changera nos vies. Je décide donc de fouiller ma bibliothèque, il doit bien me rester un exemplaire de Christian Bobin quelque part parmi ces centaines d'ouvrages, je me souviens qu'à une époque je relisais ses textes comme on grignote des morceaux de vie ; cette poétique de l'existence, teintée de ciel et de sagesse si caractéristique de son œuvre. Voilà, j'y suis, ma main fébrile tourne au hasard des pages et je lis : « *À quoi reconnaît-on ce que l'on aime ? À cet accès soudain de calme, ce coup porté au cœur et à l'hémorragie de silence dans la parole. Ce que l'on aime n'a pas de nom.* » Mon cœur se fige devant cette réalité silencieuse. Regarder cette femme sans nom suffit à toute parole inutile. Du moins notre histoire se sera-t-elle écrite dans le silence de nos deux corps inertes assoiffés de rêves.

ELLE

Ces mots couchés sur le papier me nourrissent. Dans ma famille, la plupart du temps on se tait, on tait l'essentiel, je veux dire, mais, heureusement, il reste le langage du corps, nos danses, nos rites, le mouvement des hanches, des mains et des yeux. Les femmes surtout, je garde le souvenir de nos ablutions au hammam ; nous lissions longtemps nos cheveux, massions nos corps alanguis, chuchotions nos secrets. Ces moments de complicité avec ma sœur et mes cousines restent mes plus belles impressions après celles de l'enfant. Aujourd'hui, je puise dans la littérature cette filiation qui me manque. Ce sang d'encre coule dans mes veines et la compagnie de ces êtres de papier, leurs destins hauts en couleur ou blancs comme un cœur qui saigne me consolent. Sinon, il y a toujours cet homme qui m'observe ; je parle de lui à Jasmine, mais celle-ci pense à un délire paranoïaque, cette peur que j'ai qu'Omar me retrouve ou me fasse surveiller. C'est vrai, je ne peux pas le nier, j'y songe souvent, mais je lui objecte que ce voisin n'est pas hostile, que nous nous saluons, qu'il s'enferme lui aussi pour une raison que j'ignore. Jasmine lève les yeux au ciel et m'exhorte à sortir pour la énième fois, qu'à force de rester emprisonnée dans ces murs je vais devenir folle, et elle insiste, Omar n'a aucun moyen de me trouver ici. Qu'en sait-elle ? Il m'avait dit : « Tu as enfreint tes devoirs, tu devais surveiller notre enfant au lieu de rêvasser dans tes livres, et il est tombé dans ce puits à cause de toi. Toi aussi tu tomberas, tu tomberas quand tu t'y attendras le moins. Je le jure devant Dieu. » Mon sang se glace au souvenir de ses mots, mais cette prédiction n'est rien au regard de la culpabilité qui me ronge.

La cour grillait sous le soleil à cette heure, j'avais installé le petit sur une natte près de moi sous l'ombre du cèdre. Ma belle-mère et mes belles-sœurs faisaient la sieste dans le patio, sur la fraîcheur du carrelage. L'enfant babillait assis en tailleur et je tournais négligemment les pages d'un livre que j'avais caché sous ma tunique. Alors que j'étais adossée au puits, l'engourdissement du sommeil me gagnait. Après, plus rien, et puis j'ai entendu un bruit sourd, comme un sac jeté contre un mur. J'ai ouvert les yeux. Mon fils avait disparu. J'ai hurlé comme une louve. Mais mon cri d'outre-tombe n'a pas ressuscité mon enfant. On l'a retrouvé le crâne fracassé huit mètres plus bas. Il avait escaladé la margelle, il était mort sur le coup.

À exhumer ces images, les tremblements de ma mâchoire me reprennent. Aucun son ne traverse ma gorge, mais déjà Jasmine, habituée, pose une main sur ma tête tandis qu'elle bloque l'autre sous mon menton. Cette fois, la crise se calmera en quelques secondes sous l'effet du Gardénal. Comme chaque fois que cela arrive en sa présence, Jasmine m'aide à m'allonger sur mon lit et me berce jusqu'à ce que, épuisée, je sombre dans le sommeil. Quand j'ouvre les yeux, l'après-midi s'est étiré et je garde en bouche le goût métallique du sang sur la langue. Jasmine a dû partir depuis longtemps, elle sait que, jusqu'au lendemain, l'idée même d'ouvrir un livre me sera impossible. Parfois, les larmes se tarissent, je n'éprouve plus rien pendant quelques heures, je me fais alors l'effet d'une épave au milieu d'une mer d'huile. Les tranquillisants n'y sont pour rien. Je n'en prends plus qu'en cas d'attaques de panique, et j'ai remarqué qu'elles s'espacent depuis l'arrivée de l'homme à sa fenêtre et ses petits saluts quotidiens. Que me veut-il à la fin ? Parfois, j'ai envie d'ouvrir mes fenêtres en grand et lui hurler : « Ça suffit, laissez-moi tranquille ! », et d'autres fois, et le plus souvent : « Bonjour, comment ça va ? », mais je me tais. Au fond, je préfère laisser planer l'illusion qu'il me veut du bien, et je m'habitue à cet ange gardien en vérifiant régulièrement sa présence derrière ses fenêtres. La plupart du temps, le voir lire ou s'attabler pour écrire m'inspire confiance. Un homme qui lit est forcément inoffensif. J'aimerais découvrir son visage ; quand il me salue de la tête, j'imagine des yeux rieurs. Oui, des yeux sensibles et enjoués. Tout le contraire d'Omar. Omar est le seul homme que j'aie connu, en dehors de mon cousin Naim qui était amoureux de moi. À treize ans, celui-ci m'avait demandé de lui montrer mes seins, et comme je l'aimais bien, une fois, j'avais accepté de dégrafer mon corsage devant lui. Je garde en mémoire son visage rouge et reconnaissant. J'aurais préféré qu'il devienne mon époux, mais ma tante l'avait destiné à Fatima, la fille de l'épicier. Je me souviens en avoir été un peu jalouse. Pourtant, les garçons ne m'intéressaient qu'à de rares exceptions, je les trouvais vicieux et immatures. Omar, lui, était plus âgé que moi, il m'impressionnait, mais, adolescente, je le craignais déjà. Quand mon père a organisé nos noces, j'ai d'abord refusé avec force, je n'aimais pas voir ses yeux traîner sur mes fesses avec son sourire en coin. Cet homme me détestait encore plus que n'importe qui. Sans doute parce que je lisais et que cet acte à lui seul représentait une opposition, une émancipation qu'il redoutait. Aussi, dès le début de notre mariage, il a imposé sa loi sur mes faits et gestes, et surtout sur mon corps. Ses mains ne m'ont jamais prodigué la moindre caresse, il s'emparait de moi dès que l'envie lui prenait, vite et avec brutalité. De la même façon qu'il crachait ses mots, rares et chaque fois offensants. Il a commencé à s'adoucir le jour où je lui ai donné un fils. Notre fils. Sa fierté. Seul cet enfant avait le pouvoir d'éclaircir son visage. Comme pour lui, l'enfant était mon roi, ma joie, ma raison de vivre. J'étais prête à endurer son père et à supporter cette vie sans condition pourvu que je le serre contre moi à l'envi. Aujourd'hui, l'obscurité du puits a tout avalé, alors il me plaît d'imaginer qu'un être bon et désintéressé se meut devant mes fenêtres.

LUI

Aujourd'hui encore, le bleu du ciel nous sourit. Hier soir, je suis descendu à la boîte aux lettres presque guilleret. Je vis cette métamorphose comme un miracle. Seulement, j'ai renoncé à retourner devant chez elle. Je ne sais toujours pas par quel moyen l'approcher. J'y ai réfléchi toute la nuit. Désormais, l'idée de frapper à sa porte me tétanise davantage que celle de traverser le boulevard. C'est le monde à l'envers. Mais je savoure cette soudaine liberté, car me fondre dans la rue était encore impensable il y a quelques heures. Alors, si tout m'est permis, je ne veux pas rater l'occasion de rencontrer Virginia. Ou plutôt Nora, Yasmine, Sandra, Laurence ? Peu m'importe son prénom, il sera merveilleux. Calme-toi, redescends, respire... Oui, comme te l'a appris à l'époque le docteur Morlaix, une respiration profonde et ventrale, inspire en t'imaginant solide comme une montagne et expire en rejetant tes doutes, tes peurs, tes désillusions. La vie t'attend, cette femme t'attend. Pour l'heure, il est tôt, elle n'a pas encore ouvert ses volets. Savoure ce calme, demain ou peut-être tout à l'heure, tes pas te propulseront vers elle. Ce matin, même le café exhale une nouvelle odeur et je savoure son goût corsé en bouche. Tasse en main, me voilà en place. Elle ouvre sa fenêtre. Même à cette distance elle ressemble à sa sœur. Une peau hâlée, des cheveux noirs, une silhouette fine et déliée. J'aimerais tant savoir ce qui la retient entre ces murs ; pourvu qu'elle ne soit pas en danger, ou malade, ou quoi ? Comment pourrais-je le savoir ? Je rêverais de passer le reste de mes jours à la chérir, à la faire rire et bien davantage. C'est insensé, je sais, je dois refréner cette impatience, je ne suis plus cet homme névrosé, je ne veux plus le rester. Alors, je dois cesser de m'agiter ainsi, oui, respirer calmement, revenir à des desseins réalistes.

Déjà, sortir, explorer la rue, tranquillement. Voilà, mettre mes chaussures, bien, maintenant enfiler ma veste. C'est fait. Il me reste à fermer la porte. Allez, vas-y doucement. Tu sais désormais.

Je commence donc à explorer la rue côté pair. Mes pas défilent devant ces immeubles qui me paraissent si grands, alors que de mon balcon la ligne de fuite les ratatinait. Les gens aussi sont grands, ce ne sont plus ces colonies de fourmis agitées. Les passants se révèlent singuliers, chaque homme, chaque femme ; je les observe, leur taille, leur façon de marcher, leurs vêtements, une palette de couleurs qui se déclinent du gris au jaune, du bleu au rouge. L'été invite à la flânerie. Beaucoup de touristes s'arrêtent aux échoppes, celles des marchands de souvenirs, mais aussi le traiteur, la boucherie, les magasins de prêt-à-porter. De nouvelles enseignes ont remplacé certaines boutiques. J'aperçois M. Torres, l'épicier, je change de trottoir pour l'éviter, j'ai peur qu'il me reconnaisse, car, avant de me cloîtrer ici, je fréquentais assidûment le quartier. Je m'arrêtais chaque jour à l'épicerie ou à la boulangerie, distribuant sourires et bonnes paroles, en habitué.

Voilà deux fois que je longe de haut en bas la rue de la Petite-Pierre. Cette fois, je stationne devant son immeuble. Mes battements de cœur cognent dans ma poitrine. Le hall d'entrée est désert et ce portail ne va pas s'ouvrir chaque fois par miracle sur l'arrivée de sa sœur. Et puis, nous sommes jeudi. En m'approchant de la porte vitrée, j'y remarque une petite annonce sommairement scotchée. « Recherchons agent de nettoyage pour les parties communes. Remplacement de trois mois. S'adresser au syndic de copropriété. M. Laroche. » Mon cœur s'emballe de nouveau. Serait-ce possible que… ? Non, je chasse aussitôt cette idée.

ELLE

Les journées défilent lentes et immuables, comme des journées d'enfance. Sauf qu'à l'époque l'ennui me plongeait dans des contrées féeriques. Aujourd'hui, il se nourrit du souvenir de l'effroi, de la profondeur du puits, de cette chaleur écrasante et du silence de mon enfant tombé dans les entrailles de la Terre. La plupart du temps, les livres repoussent ces visions, mais quelquefois ils déversent eux aussi des drames qui dépassent l'entendement. Dans ces moments, je suis honteuse d'entretenir mes obsessions, de chérir mon chagrin comme un objet précieux. Jasmine a raison, je dois essayer de sortir de ma prison mentale, accepter cette vérité, cesser d'entretenir ma culpabilité. Il m'arrive d'espérer une amélioration face aux efforts de l'homme à se rendre agréable. J'attends ses petits saluts matinaux. Au début, je le snobais, mais maintenant je m'étonne d'y répondre avec sincérité, voire avec une pointe d'impatience. Faut-il que je sois si seule pour me raccrocher à cette main d'homme silencieuse ? Bien sûr, mes anciens réflexes m'empêchent de lui accorder un bonjour franc, mes doigts hésitent, j'ai conscience de transgresser une loi divine. Les femmes de chez nous ne saluent pas les hommes, encore moins une femme mariée. Parce que Omar et moi sommes toujours mariés, Dieu en est témoin, et ma fuite ou même ma mort n'y changeront rien. Je suis pieds et poings liés à mon destin, le *mektoub*, comme on dit chez nous. Seulement, comment accepter une union dans laquelle l'un rêve la perte de l'autre ? Jasmine me rappelle qu'il ne s'agit que de mots, qu'Omar, quoique habité par la haine, n'assouvira pas sa vengeance ; mais moi je le connais, Omar, je sais de quelle folie il se nourrit pour pouvoir continuer à résister à sa peine. Il lui arrive encore de téléphoner à ma sœur, et, chaque fois, celle-ci lui tient le même discours ; elle n'a reçu qu'une seule lettre de moi dans laquelle je lui annonçais mon départ pour l'Espagne. Je sais qu'il harcèle aussi mes parents, mais, j'imagine, avec moins de virulence par égard pour leur vieil âge. Aujourd'hui, ceux-ci doivent regretter le destin qu'ils m'ont tracé, et il m'arrive d'en être triste pour eux. Car quoi de plus tragique que la disparition d'un enfant ? Qui d'autre que moi peut le mesurer ?

Lorsque j'avais écrit cette lettre à Jasmine, je me trouvais dans l'avion en direction de l'aéroport Charles-de-Gaulle grâce à l'argent qu'elle m'avait fait parvenir, et j'avais erré deux jours au terminal, tétanisée par la peur d'affronter son regard. Je m'étais promis de l'épargner, mais, désœuvrée, j'avais fini par sonner à sa porte parce que aucune autre solution ne s'offrait à moi que d'aller trouver refuge dans ses bras. Dans son foyer, parmi son mari et ses enfants, elle avait compris que leur présence m'incommodait. L'enfant mort planait entre nous, et les éclats de rire de mes neveux, leur joie d'enfants, exacerbaient ma peine. Je voulais panser ma blessure seule. Et puis, comme Omar risquait de débarquer à tout moment, Jasmine avait eu l'idée de cet appartement. Seulement, elle n'avait pas imaginé que, dès lors, je m'y enfermerais. Bien sûr, elle justifie mon attitude par la peur que j'ai qu'il me retrouve, et c'est vrai, j'ai toujours peur, mais elle et moi savons que je m'inflige la punition que la justice des hommes me refuse. Et malgré les supplications de ma sœur, il m'est impossible de me défaire de ma faute. Parfois, elle se met en colère, elle me crie que ma peine suffit à tout, qu'il faut que j'arrête de me prendre pour ces intégristes qui se fouettent jusqu'au sang par amour d'Allah, à croire que j'en éprouve un plaisir coupable. Dans ces moments, sa bouche se tord et me crache que je ne suis pas responsable, que c'était un accident, que j'étais une bonne mère, et toutes ces choses qui me dégoûtent. Mais quand ma mâchoire commence à trembler, alors elle se calme et finit invariablement par me serrer dans ses bras. Je m'en veux de lui infliger ma présence, ce poids qui l'oblige à cacher sa joie de mère. À quoi bon lui répéter que je suis heureuse pour elle, que sa culpabilité ne doit rien à la mienne, que je l'aime tout simplement ? Jasmine et moi, empêtrées dans nos loyautés, sommes incapables d'en sortir. Alors, elle a fini par accepter cette situation avec l'espoir qu'elle cesserait un jour. Je m'inflige cet emprisonnement depuis huit semaines désormais, et je crois qu'elle aussi sent souffler ce courant d'air en moi depuis que je lui parle de mon voyeur. Je m'en veux de m'épancher sur cette histoire grotesque, et en même temps quelque chose en moi commence à lâcher ; il ne s'agit pas de ma peine, à laquelle je suis bien trop attachée, mais elle a aperçu cette étincelle dans mes yeux, la vie qui tente de reprendre ses droits. Même si je m'en défends, cette attirance est bien réelle et elle me fait peur. Je me dis que c'est trop tôt, qu'en plus jamais auparavant un homme ne m'avait inspiré ce mélange de mystère et d'empathie. Au fil des jours, je m'en méfie de moins en moins, et ce matin je me suis surprise à vêtir la robe rouge que Jasmine m'avait offerte comme cadeau de bienvenue. J'avais jugé son attention déplacée, comment pouvait-elle imaginer que mon âme si noire se pare de couleur ? Et là pourtant, je regarde mon reflet dans la psyché qui me renvoie mes hanches moulées, je glisse mes mains sur le tissu léger, et un léger sourire traverse mon visage, surprise de me trouver jolie. Je m'étonne surtout de ne pas l'arracher, cette robe, pour la remiser dans la penderie. Oui, aujourd'hui, je me suis vêtue d'un corps de femme.

LUI

Je précède M. Laroche dans les caves avec l'envie d'en finir. Là le local à poubelles, ici celui du matériel de nettoyage, serpillières, seaux, chiffons à vitre et autres produits ménagers. Il m'explique ma mission avec la condescendance du petit chef qui m'offre la chance d'intégrer un immeuble de standing. Alors, j'écoute religieusement ses consignes, les horaires à observer, la déclinaison des tâches à effectuer du sous-sol au dernier étage, et surtout l'injonction de rester discret et aimable en toutes circonstances. « Vous comprenez, c'est une maison respectable ici, et soyez sûr que si les résidents vous apprécient, ils sauront vous le montrer. » Que voulait-il dire ? Des petits cadeaux ? Des étrennes à Noël, ou simplement l'aumône d'un sourire ? Mais peu importe, seul compte pour moi de trouver le moyen de l'approcher. Suis-je si fou d'avoir répondu à cette annonce, alors que passer l'aspirateur ou laver la salle de bains me rebute ? Je me suis présenté comme un expert, créant de toutes pièces un CV gonflé d'expériences de nettoyage de bureaux ou de parties communes d'immeubles de la rive droite. J'espère juste qu'il ne me surveillera pas, car je n'ai pas la moindre idée de la façon de doser les produits ou de lessiver les escaliers. Déjà, à cette heure matinale, nous croisons aux boîtes aux lettres un couple avec un jeune enfant, une femme âgée traînant un Caddie et une ado aux yeux ensommeillés, son sac négligemment jeté sur l'épaule. Tous tirent la mine grise de ceux qui subissent leurs obligations, et, quand je les ai salués d'un bonjour enjoué dans leur quasi-indifférence, mon patron a eu l'air satisfait. Mais voilà, il m'a embauché, et dès lundi à six heures je serai à mon poste. J'ai hâte de venir coller mon oreille à sa porte et, mieux, de trouver rapidement le prétexte d'y sonner. En quittant l'immeuble pour rentrer chez moi, je souris d'un air béat et j'aimerais sautiller d'un pied sur l'autre, comme un môme. Aucune angoisse ne m'étreint, bien au contraire, je pourrais longer cette rue et même arpenter tous les boulevards parisiens jusqu'à épuisement. Seulement, la prudence m'exhorte à calmer mes ardeurs, et je rejoins mon appartement dans l'urgence de regagner mon poste derrière ma fenêtre.

Comme de coutume, elle est penchée sur un livre, et je regrette que celui-ci l'absorbe au point qu'elle n'ait même pas l'idée de redresser la tête dans ma direction. Pourtant, depuis quelques jours, elle s'y risque souvent, et je m'étonne de ne plus reculer derrière le rideau. Nous savons désormais que chacun épie l'autre, ça n'a plus l'air de nous gêner, nous laissons tomber peu à peu nos armures. Elle ne semble plus craindre ma présence, mais je n'oublie pas que le filtre de la vitre la rassure, et qu'il sera difficile de la briser. J'aimerais lui dire que j'ai réussi à traverser cette fenêtre, qu'elle pourrait le faire de la même façon. Quel que soit ce dont elle se protège, il y a certainement un moyen pour elle aussi de dénouer ses liens. Il y a une solution, c'est sûr ! Je l'aiderai, je m'en fais la promesse, quand bien même, en chemin, elle déciderait de me lâcher.

C'est le cœur léger que je me couche ce soir. J'ai décroché le cerf pour le remiser dans la buanderie. Je ne supportais plus son regard hostile sur mon espoir. Je ne suis plus cet homme traqué, aux yeux affolés et au cœur qui tambourine, à la sueur collée à l'échine, aux muscles tendus au point de se rompre. J'observe le rectangle délavé du papier peint sur lequel le tableau reposait, bientôt j'y accrocherai une toile aux couleurs vives, ce ne sera pas une nature morte, non, plutôt une scène de marché ou une fête de village, là où la vie grouille de gens affairés à vivre. D'ailleurs, ce soir, je me suis préparé une lotte à l'armoricaine, j'ai savouré la chair tendre du poisson avec un meursault de Bourgogne, en prenant mon temps, et, pour la première fois depuis des années, j'ai eu envie de partager ce moment avec ma sœur. Alors, j'ai décroché mon téléphone et je l'ai invitée à venir déjeuner avec moi ce dimanche. Elle n'a pas paru surprise, comme si nous avions toujours instauré ce rituel dominical, et nous sommes convenus qu'elle apporterait un saint-honoré pour le dessert.

Depuis quelques jours, vivre me semble évident, est-ce possible qu'à elle seule cette femme m'ait métamorphosé ? Ne suis-je pas en train de délirer, de me construire un monde de toutes pièces dans lequel elle jouerait le rôle du personnage principal ? Sans doute le docteur Morlaix m'inviterait-il à reprendre mes cachets, à cesser de me focaliser sur une silhouette derrière une fenêtre, et parfois je tremble à l'idée qu'il ait raison, qu'il faille même m'hospitaliser. Mais quand, ce matin encore, elle m'a adressé ce salut franc de son balcon, j'ai respiré une joie bien réelle et j'ai chassé ces pensées pour lui répondre avec reconnaissance. J'ai remarqué qu'elle portait une nouvelle robe, et ce drapé écarlate lui conférait une allure de danseuse de flamenco avec ses cheveux noirs détachés qui ondulaient sous les assauts du vent. J'ai voulu croire que cette robe était une coquetterie pour me séduire, un rouge passion qui promet davantage qu'un simple rêve à travers nos carreaux.

ELLE

C'est sûr, il m'a vue dans la robe, et d'un coup je me sens stupide. Je ne veux pas lui renvoyer l'image d'une femme facile. S'il savait qu'avant tout j'ai ressenti ce désir de me plaire, alors que jusqu'alors je n'avais jamais songé à mon pouvoir de séduction. Du temps d'Omar, celui-ci m'empêchait d'aimer mon corps, et là, c'est comme si, en quittant le pays, je pouvais m'autoriser à changer d'identité, à oser le courage d'être moi. D'être une autre. Une femme qui n'aurait plus à ployer sous le poids des conventions, des interdits, des humiliations. Une femme qui n'aurait pas davantage enfanté, et qui, comble de l'infamie, n'aurait pas mis en péril la vie de son fils. Oui, j'aimerais oublier cette femme-là, définitivement. Alors, cette robe, elle me signifie que je ne suis plus celle que je suis, comme on quitte sa peau, ses oripeaux, sa vie de misère. Comme quand, petite, je me déguisais en princesse des *Mille et Une Nuits*, et que tous mes rêves se réalisaient. Ne suis-je pas en train de muer au point de renier mes origines ? J'ai l'impression qu'Omar va me surprendre à tout moment dans cette robe rouge, et je mesure à quel point la peur et la honte me constituent depuis toujours. On ne se défait pas facilement de trente-cinq ans de patriarcat, on ne se jette pas comme ça dans la liberté, d'autant moins quand on s'est constamment sentie coupable d'être une fille, une femme, une mère. Jasmine a su mieux que moi s'arranger avec ses désirs ; jeune, elle s'est battue contre le mariage forcé et a tenu tête à notre père. Moi, l'aînée, j'ai dû donner l'exemple, suivre la trace des ancêtres, ne pas déroger à la modernité, malgré l'école, ma soif de connaissance, mon ouverture d'esprit. Jasmine a étudié à Paris et a refusé de rentrer au pays, de s'offrir corps et âme à un homme qu'elle n'aurait pas choisi. Pendant des années, elle a été interdite de séjour chez nous, et finalement mes parents ont cédé. Depuis qu'elle est mère, chaque été, elle retourne au Maroc avec ses enfants, parfois même avec son mari, un Parisien pur souche, et tout paraît normal à présent. Elle m'en a voulu de sacrifier ma vie au profit de ma loyauté familiale, et longtemps nous avons entretenu nos rancœurs, comme deux sœurs ennemies. Mais, au fond, je l'ai toujours admirée, et jalousée bien sûr, quand bien même je n'ai jamais cessé de l'aimer. Entendre parler de son existence parisienne m'insupportait, me renvoyait à mon impuissance, à ma lâcheté. Je sais qu'aujourd'hui encore je l'agace, malgré son attachement et l'inquiétude que suscite chez elle mon état. Elle se fie au temps, qui, invariablement, cicatrise les maux, même les pires. Car Jasmine aime la vie, elle la croque à pleines dents depuis toujours. Qu'est-ce qui a cloché chez moi ? Comment se fait-il qu'en ayant partagé la même enfance, le même environnement, l'une se soit penchée du bon côté, et l'autre du mauvais ? D'où nous viennent ces différences de caractère, cette inclination à vivre pour l'une et à mourir pour l'autre ? Pourquoi la peur m'a-t-elle toujours habitée ? Là, toute à mes pensées, elle me dirait : « Arrête de te plaindre, ça ne sert à rien, ouvre ta porte et frotte-toi aux trottoirs, aux arbres et aux gens ! » Mais comment faire ? Comment se libérer de ses entraves ? Alors, sans doute devrais-je commencer par ça, renfiler la robe. Et puis continuer à l'épier, à le saluer, lui, mon voisin providentiel, celui qui m'oblige à recouvrer un semblant d'humanité. Je lui parle de lui chaque mardi désormais, et quand Jasmine a voulu se renseigner sur son compte, je me suis affolée, et elle a ri. J'ai fini par rire moi aussi, et nous nous sommes retrouvées comme les deux gamines que nous étions à douze ans à pouffer devant nos cousins. Je n'avais pas ri depuis des mois, et quand elle s'est levée pour s'en aller, cette fois c'est moi qui l'ai prise dans mes bras.

Malgré cela, quand je me suis trouvée à nouveau seule, j'ai paniqué à l'idée qu'elle fouille dans sa vie, et puis, soulagée, je me suis rappelé qu'il vivait en reclus et que ma sœur n'aurait aucun moyen de l'approcher. Cette nuit-là, j'ai rêvé que l'homme de la fenêtre s'introduisait chez moi, un couteau à la main, qu'il se penchait au-dessus de mon lit, et il m'a semblé entendre derrière lui ce rire gras que poussait parfois Omar et qui me dégoûtait. Ensuite, j'ai senti la lame traverser mon ventre. Au réveil, j'ai hésité à me présenter à la fenêtre, puis j'ai chassé ce cauchemar comme on se débarrasse d'une obsession tenace. Comme on reprend confiance.

LUI

Mes matinées s'étirent dans le lessivage des sols, le tri des poubelles et le nettoyage des vitres. Je découvre des muscles dont je ne soupçonnais pas l'existence. Faut-il que j'aie perdu la tête pour m'abaisser à de telles corvées ? Jamais je n'aurais cru en arriver là. Mais, au fond, j'éprouve une certaine jouissance dans ce déclassement qui, s'il était encore en vie, humilierait mon père. Tout de suite je refoule cette pensée pour me recentrer sur mon seul mobile, celui de découvrir mon inconnue du dernier étage.

De retour chez moi, je plonge mon pauvre corps dans un bain chaud et je me demande si elle a remarqué mon absence. Chaque matin, je regrette désormais de ne plus pouvoir la saluer de mon balcon, pas plus que d'espérer la croiser ici depuis le début de ma mission, pas même sur son palier. Aucun nom ne figure sur sa boîte aux lettres, et je réalise à quel point elle s'est arrangée pour effacer toute trace de son existence. Comme je prends mon poste à six heures, elle a peu de chances de me voir m'introduire dans son immeuble à cette heure matinale, pas plus que d'en sortir vers treize heures, heure à laquelle elle déjeune. Si par hasard elle m'apercevait dans la rue, elle en déduirait sûrement que je reviens de la supérette ou de la boulangerie. Pourtant, jusqu'alors, je faisais livrer mes courses, mais elle ne connaît pas à ce point mes habitudes. Je n'oublie pas que c'est moi le voyeur, le sale type qui pénètre sans vergogne dans son intimité. Il m'arrive d'en avoir honte, au point de souffrir de maux de ventre. Alors, ma bouche devient sèche et je respire avec difficulté, je redoute une de ces crises que je subissais enfant sous les reproches de mon père. Car chacun de mes désirs supportait le poids du déshonneur ; et ses humiliations me fragilisaient chaque jour davantage. Et puis quoi ? Quel mal y a-t-il à tomber amoureux d'une voisine dont on ne sait rien ou presque ? Bien sûr, on pourrait m'objecter que je vais déchanter, on pourrait me plaindre, mais qui n'a jamais pris de risques me jette la première pierre. Je me demande s'il faut que j'en parle dimanche à Véronique, elle va me prendre pour un fou, me conseiller de retourner voir mon médecin ; Véronique fait toujours preuve de bon sens, tout le contraire de moi. Déjà petit, je rêvassais des heures dans ma chambre, alors qu'elle passait son temps à démonter les ressorts d'un jouet ou l'intérieur du ventre d'une poupée. Elle sait assembler n'importe quel meuble en un tour de main, tandis que la plupart des gens bataillent durant des heures. Elle aurait pu devenir mécanicienne ou ingénieure, mais secrétaire, je ne comprends pas, elle qui a toujours fui les amabilités. D'un autre côté, Véronique reste calme en toutes circonstances. Malgré nos différences, nous faisions bloc contre les tourments de l'enfance, et cette complicité, mon père la vivait comme une provocation, une occasion bénie pour nous déverser sa colère. Sans cette fraternité, nous serions encore plus mal en point aujourd'hui. Et pourtant, je l'ai ignorée toutes ces dernières années, et je me demande comment elle peut accepter de me revoir sans broncher. Au fond, je crois que j'ai voulu la protéger de moi, de mes peurs du vide, des gens, l'éloigner des soucis que je lui aurais causés. Mieux valait la laisser se reconstruire sans moi, car si la famille peut vous sauver, elle peut aussi vous empêcher d'être vous, vous aliéner à elle sans états d'âme. Et puis, avec les années, sa ressemblance avec notre mère m'insupportait. Aurai-je la force de lui avouer ceci, qu'elle porte les stigmates de ma détresse la plus vive ? Peut-être le pourrai-je dans cette nouvelle vie qui s'annonce. Mais, alors, il me faudra lui en expliquer les raisons, la présence de Virginia dans mon existence, cette femme muette qui semble aussi perdue que moi, cette voisine dont j'ignore le nom et le passé et avec qui je m'invente un avenir.

Voilà dix jours que je m'affaire dans cet immeuble

sans avoir trouvé le moyen de sonner à sa porte. Je crois bien avoir discuté avec tous les résidents sauf avec elle. Mme Kieffer, la vieille dame du rez-de-chaussée, m'entreprend chaque matin, car elle s'ennuie comme un rat mort. Depuis deux jours, la pauvre femme se plaint d'avoir perdu son chat. À la voir si désespérée, j'ai fini par coller la photo de son matou aux vitrines des magasins ainsi que dans le hall d'entrée. Depuis, elle me prend pour son sauveur. Son chat, c'est toute sa vie, et j'ai mal au cœur de la voir dépérir ainsi. Celle-ci m'a assuré que depuis des années son Félix ne s'était jamais aventuré au-delà des trois premiers étages. Elle est persuadée qu'un être malveillant l'a enlevé. Je la console, lui promets qu'il rentrera bientôt, et, en même temps, je ne peux pas m'empêcher d'imaginer qu'après ces années de claustration ce gros chat épris de liberté s'est jeté comme moi dans l'aventure de la vie. Tout de même, cette disparition me taraude. Un des résidents l'aurait-il kidnappé ? Et si c'était Virginia ? Seulement, elle loge au dernier étage, le chat de Mme Kieffer se serait-il hasardé jusque-là ? Ces prochains jours, j'irai coller mon oreille aux portes avec l'espoir d'y surprendre un miaulement. En sus de Virginia, rien ne m'empêche d'aller à la recherche du chat d'une vieille dame aux abois.

ELLE

Je ne sais pas ce qu'il m'a pris, mais quand j'ai entendu ces pleurs d'enfant derrière la porte, j'ai ouvert. Il grattait le paillasson, et je l'ai autorisé à entrer. Il s'est précipité sous ma table basse en me filant entre les jambes. Je l'ai laissé reprendre ses esprits, puis j'ai vu ses moustaches dépasser du canapé, suivies de son long corps gris et soyeux qui se déplie sur le tapis. Quand je me suis approchée, il a eu un mouvement de recul, nous nous sommes jaugés quelques instants, puis il a laissé mes mains fouiller sa fourrure, en ronronnant. Ensuite, je lui ai donné un peu de lait et je l'ai observé faire sa toilette de sphinx. Lorsque je me suis enfoncée dans le fauteuil en le considérant comme un hôte aussi inattendu que réjouissant, il s'est lové contre mes genoux pour réclamer des câlins. C'est à ce moment que j'ai compris que je n'arriverais pas à le rendre. C'est quand ce corps chaud et abandonné sous mes caresses est venu réveiller ce besoin primaire qu'il m'a été impossible de le chasser. Seulement, je ne dois pas prendre le risque de voir débarquer son propriétaire, mon nouveau compagnon devra se contenter du salon ou de ma chambre et ne pas éveiller l'attention sur le balcon. « Pardonne-moi, je sais ce que signifie museler sa liberté, mais tu t'y feras », lui ai-je soufflé à l'oreille en lui grattant le cou. J'ai l'impression qu'il a compris, il semble comme moi effrayé par les bruits de la rue, lui et moi nous nous ressemblons en tous points, fragiles et apeurés.

Depuis son arrivée, j'éprouve à nouveau la sensation d'exister. Je comprends ces solitaires qui adoptent un animal pour rompre leur solitude. Chez nous, rester seul, c'est impensable, et même si la famille vous étouffe, vous pouvez compter sur elle en toutes circonstances. Je l'ai baptisé Cheitan, « démon » en arabe, à cause de ses yeux jaunes et de sa queue séparée en deux touffes de poils à son extrémité, comme une fourche de diable. Déjà, nous ne nous quittons plus, aussi étonnés qu'intimidés par cette improbable rencontre. Comme si ce chat avait délibérément jeté son dévolu sur la femme la plus désespérée de l'immeuble. Les animaux auraient-ils le don de s'attacher à ceux dont la détresse leur garantira une affection sans bornes ? Nous nous sommes reconnus, lui et moi, et comptons bien en profiter. Il me suit dans chaque pièce, se frotte à mes mollets et colle sa tête contre la mienne dès qu'il se trouve à ma hauteur. Le reste du temps, il dort ou explore les recoins de l'appartement. Ce que je préfère, c'est quand il se roule en boule contre mon épaule ou s'allonge sur mon ventre alors que je suis étendue sur mon lit, un livre à la main. Dans ces moments, ses ronronnements m'apaisent, au point que je m'endors au bout de quelques pages. Il observe l'interdit du balcon sans que j'aie à le chasser ou le gronder, respectant notre pacte d'entente cordiale. Il a tout d'un chien, fidèle et attachant, et déjà, je sais que je ne pourrai plus m'en passer. Jasmine va halluciner, m'obliger sur-le-champ à rendre sa liberté à cette pauvre bête. Mais je garde Cheitan, ce n'est pas négociable. Il faudra qu'elle ajoute à la liste de courses de quoi le nourrir, et une caisse pour ses besoins, et peut-être un jouet ou deux. Par-dessus tout, il aime se frotter à Pinpin, c'est un signe, peu m'importe que ma sœur me prenne pour une folle.

C'est étrange, depuis que cette bête est entrée dans ma vie, l'homme d'en face a disparu, il n'est plus à son poste quand j'ouvre mes volets, j'ai beau me dire que c'est provisoire, son absence me contrarie. Bien sûr, il finit par se manifester en début d'après-midi, mais ce n'est pas pareil, ma journée traîne en longueur, alors maintenant c'est moi qui l'attends en fin de journée avant de fermer mes fenêtres. Cheitan reste à l'écart, il prend très au sérieux cette attente fébrile, observe mes épaules basses et mon cou tendu, le nez collé à la vitre ; lui aussi semble monter la garde. C'est pourquoi je lui dis :

— Tu sais, je me sens bien quand il est là, cet homme.

Depuis, lui et moi espérons le salut de l'homme, qui invariablement agite sa main dans notre direction, avant que nous partions rejoindre Pinpin, qui, sur l'oreiller, entre nos deux têtes, s'endort comme nous du sommeil du juste.

gâchis sans nom. En cet instant, tout ça n'a plus d'importance, ce qui compte, c'est cette émotion qui nous écrase, entrecoupée de silences pour mieux nous dépouiller de ces mots si longtemps enfouis. Elle est belle, ma sœur, digne et sensible, blessée et résiliente, tout ça à la fois, je la retrouve comme je ne l'ai jamais quittée, comme le radeau auquel je m'accrochais dans les roulis de l'enfance. Ces quelques heures en sa compagnie m'ont réconforté, et, quand elle s'est levée pour partir, je lui ai soufflé un pardon au creux de l'oreille, qu'elle a emporté d'un sourire. Nous savons désormais que nous nous reverrons, que le temps est venu pour moi de me débarrasser de cette glu de malheur qui paralyse mes yeux, ma bouche, chacun de mes mouvements. Mon cœur surtout. Aujourd'hui, mes bras s'ouvrent et mes jambes me portent de l'autre côté de la rue, dans cet immeuble où vit Virginia. Ma sœur l'a vue, je lui ai indiqué d'un mouvement de tête ma voisine alors que nous dégustions son saint-honoré. Elle a tourné son visage dans la direction du toit, puis l'a remarquée sur son balcon. Elle a hoché la tête, sans plus de commentaires, elle avalisait mon choix, c'est tout ce qui comptait. Son regard m'a dit pourquoi pas, sans jugement ; simplement elle me faisait confiance. Cette fois, plus qu'aucune autre fois, elle m'a autorisé à devenir ce nouvel homme, à oser suivre mon instinct, à conquérir ma voisine, et peu importe que celle-ci m'éconduise. Pour une fois, je déciderai de ma vie.

ELLE

Il y a des matins où je me lève avec mauvaise conscience. Depuis l'arrivée du chat, je me fais l'effet d'une kidnappeuse, une de ces folles qui volent un bébé pour d'obscures raisons. Je sais bien que Cheitan vient combler ce manque abyssal, ce trou béant qui creuse mon ventre. Et puis, je me rassure ; après tout, je ne fais qu'apporter un peu de tendresse à une bête qui à l'évidence s'ennuyait chez son propriétaire. Comme je m'en doutais, Jasmine s'est mise en colère, il a fallu parlementer, me défendre, la supplier. Il paraît que tout l'immeuble le cherche ; je suis complètement cinglée, cruelle même, m'a-t-elle répété, le visage cramoisi. Oui, sans doute, surtout depuis que je sais qu'une vieille femme le pleure. J'ai failli céder, et puis, non, après tout, elle devait le traumatiser, Cheitan, pour qu'il se colle à moi avec autant d'avidité. Je m'étonne que Jasmine ait abandonné si vite, je crois que c'est à cause de ce qu'elle a échangé avec l'homme de ménage, le fait qu'on ait découvert mon existence de recluse, tous ces « fouille-merde », comme elle a dit, ça l'a mise dans tous ses états, plus encore que ma lubie du chat. C'est moi cette fois qui l'ai rassurée, alors elle a fini par me rappeler que, dans quelques jours, elle devra se rendre au bled et qu'il faudra bien trouver quelqu'un pour la remplacer pendant son absence. *Naari !* C'est vrai, je n'y pensais plus, à son départ au pays. D'un coup, mon cœur s'est serré. Elle m'a demandé si je pourrais m'efforcer de descendre à la supérette, mais, face à mon visage fermé, elle s'est assise sur le canapé, les épaules voûtées. Je me suis détestée, quelle égoïste je fais, alors je me suis installée à ses côtés et je lui ai dit : « Tu penses à quelqu'un en particulier ? » C'est là qu'elle a évoqué de nouveau cet homme de ménage, lui, il serait en mesure de me rendre ce service, seulement il risquerait aussi de découvrir le chat.

Devant son air las, je l'ai prise dans mes bras et lui ai dit que j'étais d'accord. De toute façon, je ne lui ouvrirai pas la porte, à cet homme, il devra se contenter de déposer mes courses sur le paillasson, ce sera suffisant. Jasmine m'a demandé si j'en étais bien sûre. Au fond de moi, j'étais tétanisée, mais, pour une fois, j'ai cédé. J'ai acquiescé d'un coup de menton avec un pauvre sourire, et ma sœur n'a pas insisté. Son soulagement était patent, elle aussi, ça se voyait que ça la contrariait, mais avions-nous d'autres choix ? Après tout, mieux valait qu'un inconnu me découvre plutôt qu'une de ses amies qui à l'avenir sonderait notre secret de famille. Alors, c'était conclu, elle irait donner ses consignes à l'agent de nettoyage, et le paierait pour qu'il reste discret ; « cet homme m'inspire confiance », m'a-t-elle assuré. Ensuite, nous avons échangé sur mon voisin, elle m'a dit qu'elle manquait de temps pour se renseigner sur son compte, et, cette fois, je lui ai fait promettre qu'elle abandonne cette idée. J'ai insisté, il ne me voulait aucun mal ; depuis le temps, s'il avait voulu m'importuner, il en aurait eu maintes fois l'occasion. Jasmine a acquiescé et m'a souri, j'ai senti qu'elle approuvait les efforts que je consentais à faire pour revenir à la raison. Elle peut partir tranquille, du moins, pour une part seulement, car sans doute appréhende-t-elle toutes ces questions que ne manquera pas de lui poser Omar. Je sais qu'elle ne trahira pas notre secret et, une fois de plus, je mesure le poids excessif de mon existence sur la sienne.

LUI

Comment exprimer la joie que me procure ce coup du destin ? Cette Jasmine m'a remis une liste et l'argent nécessaire pour livrer des provisions à sa sœur à partir de la semaine prochaine. Elle a insisté, je dois respecter sa volonté, elle ne veut voir personne ; je devrai déposer les commissions sur son paillasson chaque mardi à la même heure. Elle compte sur ma discrétion, elle me l'a répété, elle me fait confiance et elle m'a promis trois cents euros à son retour de voyage à la fin du mois. Si elle savait à quel point cet argent m'indiffère, je me suis retenu de cacher ma joie, j'avais envie de lui sauter au cou, lui dire qu'elle me sauvait la vie ! Car j'ai joué mon rôle à la perfection, lui promettant d'honorer sa confiance. Je ne voulais pas en faire trop ni trop peu, ce n'était pas facile. Elle avait l'air rassurée et m'a demandé mon numéro de téléphone en cas d'urgence. Quelle urgence peut détrôner celle de rencontrer sa sœur ? D'une façon ou d'une autre, il faudra bien que j'y parvienne puisque la moitié du chemin s'est ouverte devant moi. Depuis cet après-midi, je me sens fébrile, pas de cette fébrilité qui jusqu'alors me paralysait, non, plutôt une impatience douloureuse, comme si je n'arrivais plus à contenir cet espoir qui me fait trembler de la tête aux pieds. Par conséquent, je lis et relis cette liste de courses, je vais commencer dès aujourd'hui à rassembler ce dont elle a besoin. Cet inventaire m'en apprend bien plus sur elle que tout ce que j'avais espéré en connaître. La marque de son thé, de ses biscuits, son shampoing, le gel douche dont elle parfume son corps, ses goûts en matière culinaire, les chocolats qu'elle préfère, je vais enfin satisfaire certains de ses besoins. Je mesure à quel point c'est indécent d'entrer ainsi dans son intimité, j'espère qu'elle me le pardonnera. Et puis je souris, il lui faut des croquettes pour chat, mon intuition serait-elle la bonne ? Serait-elle entrée dans les bonnes grâces de Félix ? Je le lui pardonne volontiers, elle a tous les droits, surtout celui de rompre sa solitude. Car, au fond, savoir qu'elle s'empêche de sortir me désole, je sais de quoi se nourrit la peur des autres, de la rue, du bruit, ces angoisses sans nom. Je devrais sans doute fuir les personnes qui, comme elle, me rappellent mes propres limites, ces êtres incapables de jouir de la vie, comme je l'étais moi-même jusqu'à présent. Pourtant, je sens qu'une force en elle ne demande qu'à se libérer. Au plus fort de mes frayeurs, j'aurais aimé profiter d'une présence, d'un soutien, de quelqu'un qui me comprend, ne me juge pas, patiente et me prend par la main. Je ne peux pas m'empêcher de penser à ma mère, peut-être n'ai-je pas pu simplement admettre qu'elle me lâche la main, que tout vient de là. Le docteur Morlaix revenait toujours aux premiers liens de l'enfance, à ce qui nous constitue ou nous tue. Je refuse d'y repenser, j'ai compris que ça ne servait à rien, qu'il fallait tourner la page. Même si endosser le rôle de la victime, pas plus que celui du sauveur, ne me paraît raisonnable, je préfère encore aider cette femme, et par ailleurs, rien d'autre ne m'attend aujourd'hui. Et puis, comment imaginer qu'elle pourrait me décevoir ? Je me sens incapable de vivre une aventure au hasard de la vie, je n'y arriverai pas. Mes résidents m'en persuadent chaque jour. Je n'aime pas leur condescendance, leur fausse gentillesse, leurs mesquineries, pas plus qu'à l'époque je me sentais à ma place parmi une élite d'intellectuels. Leurs faux pouvoirs sur les autres me révulsaient. Je veux être moi, juste ce type dépressif qui a droit à sa part de bonheur. Comme elle, j'attends que quelque chose se passe, quelque chose qu'elle n'ose pas soulever, par peur d'être déçue ou meurtrie. Alors, je vais braver le destin ; pour une fois, je vais oser provoquer la vie, et tant pis si par malheur tout ça n'aura été qu'un rêve, une folie, ou même une absurdité. Le ridicule ne tue pas, paraît-il, et j'ai eu tant d'autres raisons de mourir ; alors, fini les tergiversations, mardi je lui remettrai son panier en mains propres.

ELLE

L'idée de ne plus voir Jasmine durant un mois me rend nerveuse. Heureusement, Cheitan m'aidera à supporter son absence ; sa présence m'oblige à revenir au réel ; le nourrir, le brosser, jouer avec lui et le câliner ponctuent mon quotidien et me procurent un bien-être souverain. J'ai moins besoin de lire ou rêvasser, ou surtout de ruminer mes idées noires. Ce chat me renvoie à des gestes archaïques, il réveille mes réflexes maternels, et pour cela je lui voue une reconnaissance sans limites. Notre langage nous suffit, il passe par nos regards, nos corps, c'est évident, nous ne nous embarrassons d'aucun effort de séduction. Nous sommes juste là disponibles l'un à l'autre. C'est comme si nous avions toujours vécu ensemble, cimentés par une loyauté sans faille. Quand j'ouvre les fenêtres, il se cale à mes pieds et hume l'air en regardant le ciel ; comme moi, le ballet des oiseaux le fascine. Parfois, lorsqu'un étourneau rase le balcon, son instinct de prédateur lui commande de sortir les griffes ou de dresser les poils, j'y décèle son besoin de grands espaces. Comme les deux faces d'un miroir, selon l'humeur du jour, nous nous retranchons dans nos peurs ou nourrissons l'espoir de nous évader. Lui et moi avons dû subir la domesticité, lui comme chat d'appartement et moi comme femme promise à l'avenir d'une cuisine. Pour la première fois, je commence à entrevoir l'absurdité de cet enfermement. Maintenant que tout est possible, maintenant que le carcan patriarcal ou marital ne m'oblige plus à rien, que fais-je cloîtrée ici, accompagnée d'un chat et d'un lapin en peluche ? L'un comme l'autre pourront me suivre où que j'aille, ici en France, dans le pays des progrès, des tolérances et des libertés. Peut-être même pourrai-je écumer les librairies, fréquenter les théâtres, les cinémas et les bibliothèques, rencontrer des auteurs,

Leïla Slimani par exemple. Je boirai ses paroles, une compatriote qui ne recule devant aucun obscurantisme, qui plaide la cause des femmes marocaines, de toutes les femmes. Nous deviserons des pionnières, la sociologue Fatima Mernissi, la journaliste Hinde Taarji, la romancière Noufissa Sbaï ou encore la poétesse Hafsa Bekri-Lamrani. Sans doute pourrai-je m'inscrire à l'université, jouir de cette émancipation promise par mon père et qu'il m'a volée. Oui, les livres, la compagnie des grands auteurs continueront de me nourrir, mais, cette fois, je pourrai agir d'une façon ou d'une autre, vivre pleinement mes contradictions, les soupeser, les comprendre, les accepter même. Cette double culture sera une richesse, une nouvelle identité. Est-ce l'arrivée de Cheitan ou celle de mon voisin dans ma vie qui m'inspire ces envies d'émancipation ? Ou encore le départ de Jasmine ? Depuis peu, ce vent de liberté desserre l'étau qui d'ordinaire me paralyse. Peut-être pourrai-je commencer par accueillir cet agent de nettoyage ? Mardi dernier, je l'ai entendu déposer le panier contre la porte. Je n'ai même pas osé l'épier dans l'œilleton par peur qu'Omar lui ait subtilisé son rôle, qu'il soit son complice, qu'il ait attendu le départ de Jasmine pour venir flairer ma porte comme un chien galeux. Mes délires paranoïaques me reprennent, Jasmine se foutrait bien de moi ! J'ai fini par l'ouvrir, cette porte, bien sûr. J'y ai trouvé, dans un beau panier en osier, ma nourriture de la semaine, mais aussi curieusement des livres que je n'avais pas réclamés puisque Jasmine s'était chargée de m'en apporter toute une pile avant son départ. Une fois mes courses rangées, j'ai pris le temps de les étaler sur la table basse. Il y en avait six. Cinq romans et une bande dessinée. Tous possèdent des titres énigmatiques : *La Vie en ose* de Lisa Azuelos, *Je reviens te chercher* de Guillaume Musso, *La Vie devant soi* de Romain Gary, *Lettre d'une inconnue* de Stephan Zweig, *Tous les hommes n'habitent pas le monde de la même façon* de Jean-Paul Dubois, *L'Art de perdre* d'Alice Zeniter, et enfin la BD *Paroles d'honneur* de Leïla Slimami et Laetitia Coryn. Je n'en ai lu aucun, mais cette bibliographie éclectique m'a réjouie, surtout la bande dessinée, j'y ai vu le clin d'œil de Jasmine, notre devoir d'émancipation, et ça m'a fait sourire. Soudain, un malaise m'étreint, ces livres ne proviennent pas de la médiathèque Jacqueline-de-Romilly ! Jasmine ne lit pas, ou presque, encore moins son mari, alors quoi ? Cet homme aurait-il pris sur lui de me proposer des livres de sa bibliothèque personnelle ? Mais de quoi se mêle-t-il ? *Shmet !* Mes mains tremblent et ma gorge se serre. D'un geste rageur, je balance les bouquins qui s'éparpillent sur le tapis, faisant déguerpir Cheitan sous le canapé. Je regrette aussitôt ce mouvement d'humeur, c'est la première fois que j'effraie mon chat, et des larmes me montent aux yeux. « Pardon, Cheitan, viens, n'aie pas peur, c'est fini, ce ne sont que des livres. Tiens, regarde, je les ramasse et les pose sur la table. » Pour des raisons obscures, je ne sais pas pourquoi ce type m'invite à les lire. Peut-être est-ce simplement une attention délicate, Jasmine lui aura confié mon addiction littéraire, voilà tout. Je dois me calmer, revenir aux dispositions favorables dans lesquelles je me trouvais juste avant, ne pas gâcher cet élan vital qui m'anime. Pourtant, cet homme vient de transgresser mon sacro-saint besoin de solitude. L'idée qu'il ait voulu me faire plaisir m'est insupportable, toutefois, je ne fais plus toute une histoire des saluts quotidiens de mon voisin d'en face. Cet homme-là n'est, sans doute, ni plus ni moins qu'un être attentif aux autres, l'argent n'est pas son seul credo. Tout de même, ça m'intrigue, chaque titre me révèle quelque chose de moi, oser, la vie devant soi, une lettre, une inconnue, les hommes qui n'habitent pas le monde de la même façon, savoir perdre, peut-être savoir lâcher prise, et cette bande dessinée qui traite de l'émancipation des femmes marocaines. Serait-ce un message subliminal ? Un message qui irait dans le sens de mes désirs ? Et que veut dire *Je reviens te chercher* ? Ce titre à lui seul cristallise ma peur la plus obsessionnelle, celle qu'Omar se présente devant moi avec son regard de haine. Me voilà de nouveau en proie à mes tourments,

Cheitan vient alors se frotter contre moi, comme pour me dire « arrête de psychoter », et c'est vrai, je psychote, la sérénité n'est pas ce qui me caractérise, mais ne serait-il pas temps d'accepter les signes du destin ? Ne serait-il pas temps d'avoir le courage de l'ouvrir, cette porte, et peut-être même de demander à cet homme : « Ces livres, qu'est-ce que ça veut dire ? Pourquoi me les avoir déposés dans ce panier, et pourquoi ceux-là en particulier ? » Jasmine se moquerait de moi, elle dirait encore une fois : « Ma pauvre sœur, détends-toi, ne cherche pas des explications à tout, il pense que tu t'ennuies, il te prête des livres, la belle affaire ! » Et elle aurait raison.

LUI

J'ai échoué. C'est comme si ces derniers efforts avaient grillé mon capital courage comme d'autres épuisent leurs taux de mélanine, de sérotonine, de mélatonine, que sais-je encore. J'ai présumé de mes forces, j'ai déposé le panier devant sa porte et ma main n'a pas pu atteindre la sonnette. Je suis resté figé de longues secondes, le doigt en l'air, les jambes en coton et la tête lourde. J'ai fini par la poser contre la porte, cette tête qui ne m'appartenait plus, qui se détachait de moi tel un poids mort. J'ai compris que j'avais capitulé, une fois de plus je fuyais face à cette panique de devoir me rendre à l'ennemi, comme à l'époque lorsque la crainte d'une embuscade me terrorisait. Alors, j'ai suivi le conseil du docteur Morlaix, j'ai convoqué des images, visualisé une plage baignée de soleil, quelques barques échouées au large d'un port, des oiseaux de mer hauts dans le ciel. J'ai fini par entendre le clapotis de l'eau, l'écume roulant sur le sable, j'ai senti l'iode piquer mes narines. Mes battements de cœur se sont calmés et j'ai décollé ma tête de la porte. Je reviendrai mardi prochain. Cette bataille est perdue, mais je gagnerai la suivante, je me le promets. Virginia n'est pas une ennemie, elle est une compatriote, elle se nourrit des mêmes désirs que les miens, elle aspire à la paix, aux élans du cœur, je le sais bien pourtant. Je le sais à cette façon nouvelle qu'elle a de me saluer, d'ouvrir ses volets avec plus d'assurance. Je la sens prête à agrandir des brèches, provoquer son destin. Et puis, d'ici à la semaine prochaine, elle aura pris le temps de feuilleter les livres, d'y déchiffrer ce message que j'ai pris soin de coder, ces titres à son attention, « ose, Virginia, les hommes ne sont pas tous les mêmes, la vie est devant toi, tu n'as rien à perdre, tu n'es pas une inconnue pour moi, je rêve de venir te chercher ». Elle s'interrogera, s'inquiétera peut-être, mais finira par comprendre, j'en suis sûr. Et s'il le faut, j'insisterai, je lui donnerai d'autres livres, d'autres indices, de sorte que dans quelques jours, quand je réussirai à sonner à sa porte, elle l'ouvrira comme on l'ouvre à un ami qui vous veut du bien, dont on attend la visite depuis longtemps.

En regagnant mon appartement, je me console en l'observant ranger son ravitaillement dans la cuisine, toutes ces denrées que je lui ai choisies avec soin, en y ajoutant même quelques douceurs, des macarons, des fruits exotiques, du thé de Chine, une bouteille de champagne. J'ai hâte de la voir s'installer avec sa coupe à la main, peut-être oserai-je trinquer avec elle derrière la fenêtre, si elle veut bien me regarder au moment où elle posera son verre à ses lèvres. C'est sûrement à ce moment-là qu'elle comprendra que les livres n'y seront pour rien, qu'elle n'aura pas réussi à déchiffrer ce message implicite. « Tu nages en plein délire, mon pauvre, ressaisis-toi ! » m'objecterait Véronique, mais je ne veux pas les entendre, ces mots, même de Véronique, et surtout pas de Véronique. Depuis nos retrouvailles, ma sœur m'envoie de gentils messages, le soir en général, à l'heure où nos solitudes nous rappellent à ceux qu'on aime. Qui aurait cru que ces années d'absence auraient préservé notre complicité, cette affection que nous éprouvons depuis toujours l'un pour l'autre ? Quoi qu'il arrive, je ne suis plus seul désormais, sans doute ma sœur pourrait-elle suffire à mon équilibre, mais, comme un gosse qui en veut encore plus, je réclame ma part du gâteau, ces années que la vie m'a gâchées. Depuis le commencement, depuis le premier regard de ma mère posé sur moi, depuis les ambitions contrariées de mon père, depuis le vœu d'une nation qui m'a sacrifié sur l'autel du patriotisme, alors que je haïssais les frontières. À aucun moment je n'ai décidé de ma vie, si, peut-être pour l'art, et encore, ai-je eu vraiment le choix ? Aujourd'hui, je choisis enfin ce que je veux, même si ce désir irraisonnable consiste à rencontrer cette femme esseulée derrière sa fenêtre. Bien sûr, il me manque les mots, le courage des mots, mais je suis certain qu'ils sortiront de ma gorge, dans un débit incontrôlable, jusqu'au dernier, jusqu'à ce qu'il ne me reste que le silence. Je goûterai alors à la paix et, qui sait, à l'amour.

ELLE

Ma vie m'échappe. Je veux dire, cette vie dans cet appartement, qui n'en est pas une, mais qui a le mérite de contenir mes peurs, du moins de tenter de les atténuer. Car c'est cruel, les souvenirs. Les miens sont comme des diables, ils m'enfoncent leurs fourches dans le cœur et me regardent me vider de mon sang. Le pire, c'est quand je crois qu'ils se sont enfuis, tandis qu'ils sont à l'affût, prêts à bondir à tout moment. Je l'ai bien compris, aussi il m'arrive de me cacher, de faire un pas de côté et d'observer la façon dont je les aguiche. Dans ces moments, je me sens si ridicule, comme à cet instant, alors que j'ai envie d'enfiler mon manteau et de claquer la porte. Et puis ces livres m'obsèdent. Je les ai tous lus dans la semaine. J'ai à peine mangé, à peine dormi, je les ai tous dévorés et chacun d'eux m'a dévoilé quelque chose sur moi, mes origines, mes peurs, mes espoirs, mon désir de vivre, en somme. L'enfant est mort, et malgré cela je veux vivre, c'est venu insidieusement, c'est cela que je retiens, que je comprends. Je me révèle à moi-même, doucement, je le ressens comme une évidence. J'imagine une montagne, je la gravis désormais, je ne suis plus figée à sa base, j'ai envie d'atteindre son sommet, je suis presque pressée, mais je sais qu'il faut mesurer chaque pas, regarder où poser les pieds, ne pas prendre le risque de déraper, de glisser à tout moment et me rompre le cou. Alors, oser, oui, j'ai compris le message, avoir le courage d'être moi, cesser de m'apitoyer sur mon sort. Je ne pense plus à l'homme derrière la fenêtre, je pense à l'homme derrière la porte. Nous sommes mardi. Il est quatorze heures. J'attends, en alerte, le visage collé à l'œilleton, et j'entends des pas se rapprocher. Mon cœur cogne à tout rompre.

J'ouvre. Il est face à moi, le panier encore dans la main. Dès mardi dernier, j'avais pris soin de le reposer vide sur le paillasson. Il semble aussi tétanisé que moi.

Il porte une blouse bleue, il est grand, les yeux clairs, les cheveux bruns, des rides au coin des yeux. Il est figé, je pense à un colosse, un homme de pierre. Ses bras se déplient, la statue devient automate, des gestes raides, un peu gauches. Je prends le panier qu'il me tend, il me regarde. Aucun mot ne sort de sa bouche. Alors, je lui dis :

— Merci, suivez-moi, je vais le déposer dans la cuisine.

Je me dirige vers la cuisine, il n'ose pas. J'insiste :

— Je vous en prie, entrez, je vais faire du thé.

Je pense à Jasmine, qui n'en reviendrait pas. Je l'ai fait. J'ai fait entrer cet homme. L'eau siffle dans la bouilloire. Il est assis à la table de la cuisine, je lui ai indiqué la chaise. Je me trouve en face de lui, sur l'autre chaise. Les mugs fument, au début ni lui ni moi n'y touchons. Je sens qu'il s'est un peu détendu, il me sourit. Il a un beau sourire. C'est étrange, j'ai comme l'impression de l'avoir déjà vu.

— Je voulais vous remercier pour les livres, dis-je.

Il place ses deux mains sur la table, ses ongles sont propres malgré le ménage. Il porte le mug à ses lèvres, le repose et dit :

— C'est bon.

Puis il ajoute :

— Vous les avez lus ?

— Comment saviez-vous pour les livres, je veux dire, comment saviez-vous que j'aime les livres ? lui demandé-je.

— Euh, je ne sais pas, tout le monde aime les livres, je suppose, et comme vous ne sortez pas..., bafouille-t-il.

Je ne veux pas me justifier. C'est à ce moment que Cheitan entre dans la cuisine. L'homme le regarde. Je comprends qu'il sait. Ce chat, il le connaît. Mais il ne dit rien. Il boit une dernière gorgée, puis il se lève.

— Je dois y aller, merci pour le thé, dit-il avant d'ajouter, des livres, vous en voulez d'autres ?

Je ne sais pas pourquoi, je réponds « oui ». Après, je reste longtemps assise à ma place, le thé refroidit dans la tasse. Cheitan ronronne sur mes genoux. Je pense, je devrai attendre une semaine. Une semaine, ce sera long.

LUI

Elle ne m'a pas reconnu, et voilà que j'ai pu admirer l'ovale parfait de son visage, ses cheveux d'un noir profond, son port de tête royal, ses mains longues et fines et, par-dessus tout, son regard de chat. Virginia est plus belle encore que dans mes rêves, une reine de Saba. Ses yeux verts m'ont frappé, aussi verts que ceux de Félix qui semble si paisible à ses côtés. Elle a dû me trouver ridicule, emprunté comme j'étais, un pauvre type statufié. Si elle savait les efforts que j'ai faits pour me contenir, rester droit, ne pas céder à mon envie de l'attirer à moi, de la serrer dans mes bras, de lui dire : « Viens, allons prendre l'air, descendons au parc, asseyons-nous sur un banc et laissons le vent chaud caresser nos cheveux. » Je ne me considère pas comme un de ces héros romantiques, même si tout concourt à le croire ; sa seule beauté ne suffit pas, je ressens ce feu qui l'anime, comme une urgence de vivre trop longtemps retenue. Nous sommes faits du même bois, tendre à l'intérieur, dur à l'extérieur pour nous protéger des agressions, mais, au fond, ce que nous désirons, c'est nous enraciner dans la terre, et non plus dans ce sable qui risque de nous arracher à la moindre tempête. C'est sans doute pour cela qu'elle et moi, dès l'aube, laissons dériver nos regards jusqu'aux grands arbres du parc ; ils nous rassurent. Nous partageons cette attirance pour le ciel, ses humeurs changeantes, cette fascination pour le cycle des saisons. Je me sens tellement stupide. Voilà des semaines que je fomente un plan pour lui parler, et, face à elle, je suis tétanisé, avec la peur du moindre écart de langage qui lui ferait fermer définitivement sa porte, porte qu'elle a réussi à ouvrir par je ne sais quel miracle. Merci, Virginia, et bravo ! Tu es la plus forte de nous deux. Toi aussi tu semblais fébrile, mal à l'aise, mais ta curiosité a été une bénédiction. Bien sûr, je n'ai pas pu répondre à ta question des livres, comment aurais-je pu t'avouer que non seulement je te vois lire chaque jour, mais aussi cuisiner, te reposer ou même rêver ? Que, comme un voleur, je suis entré dans ta vie pour dérober ce que tu as de plus précieux, ton besoin d'invisibilité ? Faut-il que je sois un pervers, un sale voyeur, qui mériterait ton mépris, et pire, ta haine ? Pourtant, je vais revenir. Je vais revenir mardi prochain, à la même heure, pour la troisième semaine consécutive, comme le serviteur que je suis, t'apporter tes courses, mais aussi étancher ta soif de livres. Je ne sais pas si tu as compris la signification de leur choix, il me faudrait avoir le courage de t'avouer la vérité. Je te promets d'essayer, mais j'ai peur de t'effrayer. Tu dois savoir que la lâcheté habite les hommes comme moi, ceux qu'on a privés d'un regard, d'une vision dès le berceau. À cet instant d'ailleurs, je me déteste, pauvre type rempli d'atermoiements. Bien sûr que les hommes sûrs d'eux forcent l'admiration, surtout ceux qu'on a appelés à défendre leur pays. Moi, je n'ai pas pu, il faudra bien que je te le dise, que je t'avoue cette trouille qui paralyse les membres au point de s'ensevelir dans le sable. Dans ces moments, je n'étais plus qu'un cœur qui cogne, un cœur qui attendait son dernier battement, presque soulagé, qui rêvait d'un désert blanc, un désert de silence. Oui, c'est ça, c'est ce silence que j'ai le plus espéré, mais, tu vois, aujourd'hui, c'est différent, je ne l'appelle plus de mes vœux. J'aimerais le rompre avec toi. Réapprendre le langage, tout recommencer. Je ne sais pas quels sont les mots qui sortent les premiers de la gorge, j'aimerais qu'ils soient limpides, qu'ils te touchent au cœur, des mots légers, simples, rassurants. Toi, tu les aimes tellement, les mots, qu'il te faut les puiser au cœur des textes, leur extraire leur moelle, y arracher leurs vibrations sensibles, qu'ils te remplissent d'émotions, mais, vois-tu, la littérature, ce n'est pas la vie, il faudra bien sortir de l'ornière des livres pour vivre, ne pas se contenter de regarder défiler celle des autres. Car l'espace de la page est un leurre, c'est l'espoir d'y trouver une phrase qui nous sauvera, et c'est vrai, elles nous sauvent, ces phrases, je ne le nie pas, moi-même je m'y accroche comme un désespéré, mais n'est-il pas temps que nous fermions nos livres, Virginia ? Pourtant, c'est tout ce que j'ai trouvé pour nous réunir, et je ne sais plus lesquels choisir cette fois. Je ne cesse d'y penser, j'ai vidé ma bibliothèque, j'ai répandu son contenu sur le sol de l'appartement, en vain. Mes yeux sont lourds, j'aimerais brûler ces kilos de papier, j'aimerais aussi cesser d'écrire, jeter par la fenêtre tous ces feuillets et les regarder s'envoler au-dessus du balcon. Toi aussi tu les regarderais voleter au-dessus des passants, mais tu ne serais plus de l'autre côté de la rue, tu ne serais plus derrière cette fenêtre. Nous serions l'un à côté de l'autre et nous admirerions cette chorégraphie de papier, excités par nos rires de gosses. Et puis, nous dévalerions ces escaliers de malheur pour nous jeter dans la rue sous la pluie des mots des livres dont nous n'aurions plus besoin.

ELLE

— Où sont mes livres ? lui demandé-je, inquiète, tandis que mon regard fouille le panier.

— J'ai pensé qu'on aurait pu se rendre à la médiathèque Violette-Leduc, c'est à dix minutes à pied. Qu'en pensez-vous ?

Le sang quitte mon visage, et sans doute tout mon corps, alors que je lui crie :

— Non, il en est hors de question, je ne sors pas, je ne peux pas, vous m'entendez !

— Désolé, je ne voulais pas vous blesser, alors n'en parlons plus, bafouille-t-il, le visage blême. Je vous dépose le panier dans la cuisine ?

Il prend ses aises, ça me gêne, mais je l'invite à me suivre. Pourtant, une fois le panier posé sur la table, quand il veut partir, je le retiens :

— Désolée, je ne voulais pas vous mettre mal à l'aise.

Pour toute réponse, il m'offre un sourire navré. Alors, je me justifie :

— À force de rester enfermée, je deviens sauvage, mais c'est vrai, vos livres, enfin ceux que vous m'avez apportés la dernière fois, ils ont visé juste, ils m'ont réconfortée, vous savez.

Je vois son regard briller. Cet homme m'émeut, je ne sais pas ce qu'il cherche au juste, il me fait l'effet d'un sosie, un type aussi névrosé que moi. Et si j'accepte son invitation ? Qu'est-ce que je risque, à la fin ? Je lui rends son sourire. Voilà, nous sommes deux sourires béats l'un en face de l'autre, incapables de parler davantage. J'ai envie de rire, et puis non, je lui dis :

— Écoutez, pour la bibliothèque, pourquoi pas ? Samedi, si vous voulez ? Quinze heures ?

Plus les heures passent, plus je regrette d'avoir succombé à l'appel de la rue. Les diables, de retour, me ricanent au visage comme des gosses sadiques ; ils piétinent le peu de confiance que j'avais regagnée de dure lutte. J'ai peur que le sommeil ne vienne pas cette nuit, leurs ombres vont danser autour de moi sans répit. Pourtant, je ne veux plus les craindre. Cheitan, couché sur le flanc, respire par le ventre comme seuls les animaux ou les bébés savent le faire. Peu à peu, mes battements de cœur se calment, je discerne mieux ce qui se passe à l'intérieur de moi, un flot d'images et de sons. Des pas feutrés d'abord. Je me revois déambuler le long des travées de livres. L'odeur du vieux papier flotte autour de moi, mes doigts hésitent sur les couvertures, je repose un ouvrage, en prends un autre. Je suis sereine, dans un cocon, le silence m'enveloppe. Je tourne alors des pages, m'enfonce dans la trame du texte, me cogne à certains mots, mais leurs lettres se déploient pour me laisser pénétrer plus profondément encore dans l'encre noire. Il n'y a plus d'espace ni de temps, Omar et l'enfant n'existent plus, non, je suis loin, là où le narrateur me fraie un chemin. Je le suis jusqu'à ce qu'il m'ouvre des portes, des couloirs, puis de grands territoires dans lesquels j'entre avec confiance. Alors, je referme le livre et le glisse dans mon sac à provisions. Je ne me souviens plus dans quel univers je baignais quand je lisais contre le puits. Le puits a tout avalé, mon fils et mon souvenir des livres, je les ai tous oubliés. Lorsque j'ai fui Omar, j'ai compris qu'il me fallait y revenir, aux mots, pour connaître la science des douleurs, la sauvagerie des hommes ; mettre l'enfant à l'abri des failles, trouver des chemins de traverse, contourner le danger, le retenir, retenir la vie qui palpite en moi grâce au souvenir qu'il me laisse, ses rires, sa si jeune vie, et pourtant si dense. Tout ce merveilleux qu'il m'a offert, le tenir contre moi, comme une bête enfouit son petit sous ses flancs. Je suis cet animal blessé, au ventre arraché. Mais des raisons d'espérer reviennent insidieusement, les saisons qui s'habillent aux fenêtres, la parade des oiseaux, la langueur des passants, l'odeur des feuilles qui s'éventent, le rire des enfants, la patience de Jasmine, sa confiance, son soutien, ce voisin et ses saluts quotidiens, et maintenant cet homme qui me prescrit des livres et m'exhorte à sortir d'une longue maladie.

Ce soir, j'ai salué mon voisin avec moins d'empressement. A-t-il deviné qu'il a déserté un peu mes pensées depuis l'arrivée de l'autre homme, « l'homme des courses » ? Nous n'avons même pas échangé nos prénoms. C'est étrange tout de même, nous avançons comme si nous marchions sur des charbons ardents, avec cette peur d'en dire trop, de nous révéler, comme si on s'excusait de vivre. Il faudra bien que nous brisions cette glace qui nous gèle le cœur, cette peur des mots à venir. Si pour cela, nous devons en passer par le filtre des livres, parler d'autres histoires, alors faisons-le, rendons-nous samedi dans cette bibliothèque comme on entrerait dans un temple. Peut-être faut-il continuer à en passer par là, laisser la parole des auteurs nous métamorphoser.

LUI

Elle marche à mes côtés. Je ne rêve pas. Je sens son parfum se dissoudre dans cette lumière ouatée qui s'attarde sur ses cheveux. Car j'ose quelques coups d'œil, je vole son visage à la dérobée, mais cette fois ses traits m'apparaissent à la loupe, je retiens le grain de sa peau, sa couleur caramel, ses mèches noires qui lui encadrent le front et les joues. Elle regarde droit devant elle, fuit le regard des passants et les lumières des devantures des magasins. Je sais qu'elle tremble de peur à l'intérieur, j'aimerais lui attraper la main, mais ce serait inconvenant à ce stade de notre relation. Et puis, soyons honnêtes, j'en serais bien incapable. Car moi aussi je suis paralysé sous le coup d'une émotion violente, elle ne me vient plus des piétons, des bruits, des trottoirs et des rues, elle me vient du vertige de cheminer à ses côtés après toutes ces semaines passées à en rêver. Cette réalité dépasse la force des songes, son intensité décuple la puissance de mon désir, c'est une effraction de joie qui traverse mon corps, mon corps près du sien, un assemblage de molécules, une réaction chimique, je me sens aimanté à elle au point de m'écarter légèrement. Le ressent-elle ? Non, assurément, et heureusement, ce serait effrayant. Et je ne veux plus qu'elle ait peur. Désormais, nous marchons en cadence, elle suit sagement les rues que je suis seul à connaître, je vois bien qu'elle n'a aucune idée de l'itinéraire que nous prenons, elle me fait confiance et j'en suis fier. Nous venons de quitter la rue de Charonne, puis nous nous engageons rue Faidherbe, nous longeons le bureau de poste et une papeterie, son regard converge en ligne de fuite, droit devant, elle ne parle pas, je n'ose pas davantage. Un grand sac pend à sa hanche, sans doute pour y mettre les livres qu'elle compte emprunter. J'aimerais lui dire, là, tout de suite, « aujourd'hui, je me moque des livres » ou bien je voudrais lire en elle, connaître tout d'elle, « s'il te plaît, Virginia, arrêtons-nous à ce café, déposons nos peurs sur la table, buvons un chocolat ou un thé, peu importe, et regardons-nous dans les yeux ». Ça y est, les fantasmes me rattrapent, alors qu'il faudrait goûter simplement l'instant présent, savourer ce miracle de nos pas accordés au même rythme, avec ces passants qui nous croisent et nous imaginent en couple, un couple bien assorti, qui avance dans cette rue parisienne avec l'air de savoir où il va. Nous bifurquons à gauche, et la médiathèque n'est plus qu'à quelques mètres. En l'apercevant, Virginia hâte le pas et c'est à ce moment que je lui demande, juste avant de nous engager dans le hall :

— Je ne connais pas votre prénom.

Et, comme un cadeau, au terme de cette longue marche, elle tourne pour la première fois son visage vers le mien, et me dit :

— Samia…

Et elle ajoute en riant :

— … celle qui est parfaite.

Son rire me résonne dans le corps, des ondulations, comme une charge sismique qui s'apprête à tout dévaster. Elle n'en voit rien bien sûr, et nous nous dirigeons vers le pôle littérature en suivant un couloir au sol jaune. Cette fois, c'est moi qui la suis, je suis Samia, oui, la femme parfaite, je fais danser son prénom sur mes lèvres muettes, le répète, alors que déjà sa tête se penche pour découvrir le dos des livres, en les retirant des étagères pour y lire leur quatrième de couverture. Moi, je fais semblant de m'y intéresser, mais, en réalité, je ne vois rien, je ne lis rien, je ne m'attarde sur aucune présentation, aucun bac, ni même quand nous nous dirigeons vers les livres d'art, qui, quand je venais ici autrefois, m'aspiraient au point que je pouvais m'installer sur un fauteuil durant des heures. J'en profitais pour écouter de la musique et lire le journal. C'était au temps d'avant Samia, bien avant que je ne sache que j'y emmènerais cette jeune femme esseulée, gardienne de secrets bien cachés.

Quand nous sortons, les livres débordent de son sac, que je lui propose de porter. Son visage rayonne, je la sens soulagée, comme si elle venait de réussir un exploit, je devine parfaitement ce qu'elle ressent, mais je ne dis rien. C'est elle qui cette fois, sur le chemin du retour, me demande :

— Et vous, votre prénom ?

Quand je lui réponds « Victor », elle sourit.

— Oh, le prénom du plus grand auteur français, non ?

Mon cœur fait un bond, je prends une importance à ses yeux, jusqu'alors inconnue.

— J'ai ses poèmes dans la Pléiade, lui réponds-je du tac au tac, fier comme je ne l'ai jamais été.

Peu importe qu'à cet instant je me sente à ce point ridicule, car j'ai visé dans le mille.

— Vous me montreriez votre collection ? me demande-t-elle, un éclat dans les yeux.

— Pour cela, il faudrait que nous nous arrêtions chez moi, mais j'imagine que vous allez refuser, ai-je l'aplomb d'ajouter.

Je m'attends à un flot d'insultes, ou tout du moins un visage furibond, mais contre toute attente Samia me répond :

— Pas aujourd'hui, car je ne m'en sens pas la force, un autre jour peut-être.

ELLE

J'ai cédé à ma promesse du deuil. Et j'ai cédé à ma peur d'Omar. Je suis sortie au bout de quatre-vingt-quatorze jours d'emprisonnement. La fin d'une sentence que je m'étais infligée et dont je n'avais pas su estimer la durée exacte, si ce n'est qu'elle aurait pu durer une vie entière. Quatre-vingt-quatorze jours, est-ce une peine suffisante ? Non sans doute, mais mon corps a lâché, mon désir aussi, sous la force d'une envie de vivre qui m'a rattrapée. J'impute ma libération à ces deux hommes qui ne connaissent rien l'un de l'autre ; l'homme de la fenêtre et l'homme de la porte. En somme, une fenêtre et une porte se sont ouvertes pour me délivrer. Grâce à eux, toutes les fenêtres et les portes s'entrouvrent et claquent sous l'effet d'un courant d'air, et chaque jour je respire un peu mieux. Depuis la sortie à la bibliothèque, mes jambes me démangent, des fourmis me chatouillent, remontent des pieds jusqu'aux cuisses, et je me gratte jusqu'au sang. Jasmine dirait que je somatise. Elle rentre demain. Il faudra que je lui raconte ma rencontre avec Victor, elle n'en reviendra pas, elle n'y croira pas, je devrai insister. Sous ses yeux ronds, elle devra entendre que c'est moi et moi seule qui ait accepté de l'accompagner à cette médiathèque, qui ait longé ces trottoirs malgré mon effroi, traversé ces boulevards, humé les arbres de la rue Faidherbe et entendu les oiseaux gazouiller, alors que mon cœur tambourinait, affolé dans ma poitrine, à côté d'un presque inconnu. Je lui dirai encore que je n'ai croisé ni Omar ni aucune personne malveillante, que les bibliothécaires m'ont accueillie avec un grand sourire, que ce Victor, charmant, lit comme moi, beaucoup ; qu'il possède des étagères remplies de livres et qu'il m'en a rapporté quelques-uns. Des titres énigmatiques, des injonctions à vivre, à ne plus avoir peur. Devant ses yeux étonnés, je continuerai à avouer à ma sœur que, depuis son retour, j'ai peur de ne plus le voir, Victor, pourtant il m'a invitée chez lui pour découvrir sa collection d'œuvres poétiques. Mais pourrai-je confesser à Jasmine qu'outre ses livres j'ai envie de mieux connaître cet homme de ménage amoureux de littérature ? Ce soir, je me confie à Pinpin sous l'œil attendri de Cheitan. Je lui demande s'il m'autorise à entretenir cette relation avec cet homme, à l'abandonner un peu, très peu je le promets, le visage enfoui dans sa tête râpeuse. Ses yeux de bille et ses lèvres dessinées d'un fil de coton me semblent se métamorphoser en un léger sourire sous mon regard brouillé de larmes, je crois voir sa tête pencher légèrement, comme pour m'accorder sa permission. Alors, je reste agenouillée au pied du lit, la tête du lapin contre la mienne et Cheitan se frottant contre mes mollets, à exhumer ce chagrin de mère, de femme, toutes ces douleurs qui remontent depuis la nuit profonde de l'enfance.

Au moment de fermer mes volets, mon voisin me salue comme il le fait chaque soir, et, pour une fois, j'ouvre la fenêtre en grand et je m'approche le plus près possible du garde-corps pour l'observer sans complexe. Alors, je lève la main et lui offre un salut franc en insistant, en souriant comme je ne l'ai jamais fait, même si à cette distance il ne peut pas le voir, mais mon corps vibre d'une gratitude pour cet homme patient, ce premier homme qui m'a offert un signe de reconnaissance, le sentiment d'exister un peu. Sous l'effet de mon enthousiasme, il se poste sur son balcon, et nous nous regardons sans gêne de longues secondes avant que je referme ma fenêtre, puis mes volets.

Une pensée un peu étrange m'effleure ; il est vêtu du même pull bleu à col roulé que Victor portait samedi dernier à la médiathèque.

LUI

Serait-ce possible qu'elle m'ait reconnu ? Ce salut chaleureux qu'elle m'a offert ce soir serait-il une coïncidence ? Je ne sais plus quoi en penser, d'un coup, je me sens coupable de lui avoir menti, ou plutôt de lui avoir caché que je suis le même homme ici et là-bas ; le vivra-t-elle comme une trahison ? Cette dissimulation risque de tout gâcher, de ruiner ce que j'ai espéré avec tant d'ardeur. Il faut lui avouer la vérité, d'autant plus qu'elle m'a laissé entrevoir un espoir, un merveilleux espoir, que depuis je caresse comme un gosse à qui on a promis de réaliser son rêve le plus fou. Samia, ici avec moi, foulant le sol de mon appartement, observant mes tableaux, ma bibliothèque, buvant un thé à ma table basse, parmi tous ces objets de mon quotidien. Ce serait magnifique, nous pourrions enfin prendre le temps de nous découvrir, j'arriverais peut-être à lui avouer cette attirance que j'éprouve pour elle depuis la première fois où elle a ouvert ses volets, quand elle m'a offert sa silhouette gracile et hésitante. Mais plus j'y pense et plus je me persuade qu'elle va me prendre pour un fou. « Allez, bon », m'a dit Véronique quand je m'en suis confié à elle, « tu n'as pas fait tout ça pour abandonner maintenant ! » Elle m'a grondé comme le petit frère que je suis, et j'ai baissé la tête. Bien sûr, elle a raison, ma sœur, mais encore une fois la peur me paralyse. De nouveau, je souffre de vertiges, de nausées, de bouffées de chaleur, tous ces symptômes qui m'avaient quitté ces dernières semaines. Hier, je n'ai pas eu la force d'aller travailler, j'ai prétexté un état grippal à M. Laroche. Alors, ce matin, Véronique sonne à ma porte et elle m'accompagne jusqu'à l'immeuble de Samia. Et c'est vrai, une fois là-bas, au bout de quelques minutes, je me calme, et puis je tombe nez à nez avec Jasmine. Sa gratitude me fait chaud au cœur, elle m'avoue, excitée, que grâce à moi sa sœur va beaucoup mieux et que cette idée des livres et de l'accompagner à la bibliothèque était merveilleuse. Elle me prie de ne pas la laisser tomber, que, désormais, il faut aller plus loin, que je dois la revoir, lui proposer un autre rendez-vous ; alors, elle me pose cette question :

— Où résidez-vous, Victor, je peux vous appeler Victor ?

La panique m'empêche de tricher, et je me souviens lui avoir confié que j'habitais le quartier, alors, la bouche sèche et les mains tremblantes, je lui réponds :

— J'habite l'immeuble d'en face, juste en face.

Et comme nous nous trouvons dans le hall, je dirige mon doigt de l'autre côté de la rue.

— C'est formidable, Victor, poursuit-elle, dites, c'est vrai, vous l'avez invitée à venir découvrir votre bibliothèque ?

Pétrifié, je hoche la tête, et cette femme me sourit avec reconnaissance.

— Très bien, alors, passez la voir en fin de journée pour lui proposer une date, me lance-t-elle avec un clin d'œil, vous savez, elle, elle n'osera pas vous relancer.

Et puis elle sort de son porte-monnaie des billets qu'elle me tend en me remerciant une fois de plus pour les courses et le reste. Ensuite, elle se dirige vers l'ascenseur, et je ne sais plus si je dois me réjouir ou me lamenter ; d'un côté, je suis heureux d'apprendre que Samia souhaite me revoir, et de l'autre, l'idée qu'elle découvre que je suis l'homme de la fenêtre me tétanise. Je suis acculé à un dilemme shakespearien, la perdre ou la garder, éviter à tout prix cette invitation et me laisser du temps pour lui expliquer, ou me jeter dans la vérité sans aucune forme de procès. Je dois m'en remettre à Véronique. Oui, Véronique et son sens de la mesure vont trancher. Je ne me sens guéri de rien, un pauvre type incapable de prendre la moindre décision. Que d'efforts pour sans doute tout perdre, revenir à la case départ !

Au téléphone, la réponse de ma sœur tombe :

— Bon sang, Victor ! Tu prends ton courage à deux mains et tu l'invites chez toi fissa !

ELLE

Que c'est bon de revoir Jasmine ! J'ai tellement de choses à lui dire que mes mots se bousculent, s'emmêlent, je bafouille, Victor, cet homme amoureux des livres, le thé partagé dans la cuisine, la promenade jusqu'à la bibliothèque et cette envie que j'ai de le revoir. Comme je l'ai deviné, Jasmine ouvre la bouche, abasourdie sur le fauteuil en face de moi à écouter mon charabia volubile et incohérent. Elle me demande de me calmer, de respirer. Alors je reprends, et cette fois je lui raconte posément ces dernières semaines, ce qui s'est passé en moi, ces émotions nouvelles, cette émancipation inédite, grâce à cet homme qui m'a sortie de mes retranchements. Au fur et à mesure que ma parole se délie, j'observe le visage de ma sœur se détendre, au point de voir ses joues rosir et ses yeux s'étirer comme ceux de Cheitan. Puis ses lèvres s'écartent et elle m'offre le spectacle d'un sourire béat, car je ne peux pas lui annoncer de meilleure nouvelle, une nouvelle qu'elle attend depuis si longtemps qu'une larme se forme au coin de son œil comme un petit diamant. Alors, elle se lève, et elle me prend dans ses bras. Elle se réjouit des balbutiements de ma guérison, et moi, prise dans mon émotion, je ne pense pas encore à lui demander comment s'est passé son séjour chez nous. Cette communion, nos deux corps enlacés, retient les souvenirs de l'enfance, toute cette tendresse que nous partagions alors à l'époque, quand nous nous confiions nos petites et grandes peines, et surtout tous ces rêves de liberté.

Jasmine m'a longuement écoutée, elle retrouve la sœur qu'elle a connue, sa joie irradie la pièce et nous goûtons cet instant béni. Pourtant, nous savons toutes les deux que son tour est venu de me raconter ma mère, mon père, nos frères, et puis, bien sûr, Omar. Omar obscurcit ces retrouvailles, malgré ce moment de grâce. Il compte se rendre en France le mois prochain. Bien entendu, ma sœur l'hébergera, nos traditions l'y obligent, qu'elle lui refuse l'hospitalité serait inconcevable et elle doit en prendre son parti. Ma mâchoire commence à trembler sous le regard inquiet de Jasmine, mais je sens que la crise ne va pas s'inviter, et c'est vrai, seules mes dents claquent et mon dos frissonne. Jasmine se rapproche de moi, mais je la repousse d'un mouvement de tête, cette fois, je maîtrise la situation. J'inspire puis expire longuement, et au bout de quelques cycles de cet exercice, mon corps finit par se détendre pour retrouver son immobilité, et Jasmine et moi nous regardons, émues. En effet, je ne suis plus la Samia d'avant, celle d'avant le départ de Jasmine. Celle-ci redécouvre une sœur bien décidée à affronter ses démons. Car, à cet instant, je lui dis : « Tu le feras venir ici, Jasmine. Omar ne me fait plus peur. » Je la sens se raidir, mais elle n'ose rien ajouter. Jasmine et moi nous rendons ensuite sur le balcon pour observer le ciel. L'été s'invite, la douceur de l'air nous le promet, mais aussi les feuilles des arbres qui offrent leur canopée fournie et fraîche aux quelques touristes en manches courtes et aux jambes nues qui déambulent dans le parc. Et puis, presque en même temps, nous levons la tête pour apercevoir mon voisin qui lit sur son balcon, allongé sur une chaise longue, une citronnade ou un verre de bière posé sur une petite table à ses côtés. Il semble plongé dans sa lecture, comme si sa vie en dépendait. Pourtant, à un moment, il relève la tête dans notre direction.

— Tu ne trouves pas qu'il ressemble à l'homme de ménage ? me fait remarquer Jasmine.

Sa question vient se perdre dans les bruits de la rue, mais mon cœur bondit et ma sœur ne voit pas mes mains trembler.

LUI

Je ne peux plus reculer. Je quitte mon poste dans dix minutes, et j'ai promis à Jasmine et à ma sœur que je le ferai. Alors, je répète mon discours dans ma tête. « Samia, écoutez-moi, je fais le ménage ici, mais je suis aussi votre voisin, celui qui vous salue depuis des semaines, qui vous épie du matin au soir. Votre arrivée devant mes fenêtres a été comme une révélation, vous voir, observer votre vie de recluse, comme moi, a été un déclic pour combattre l'agoraphobie dont je souffre. Mais surtout, et sans que j'y puisse quelque chose, votre présence a illuminé ma vie, au point que vous êtes devenue mon obsession, au point que je suis tombé amoureux de votre image, au point que j'ai répondu à cette offre d'emploi pour espérer vous rencontrer. Grâce à vous, j'ai réussi à traverser la rue, à affronter mes peurs, à m'autoriser à vous aimer. Je sais, quand on y pense, ça paraît insensé. Ne m'en voulez pas, s'il vous plaît. J'ai compris que, vous aussi, vous souffriez d'une douleur qui m'échappe, mais je l'ai ressentie si intensément que j'ai eu envie de vous venir en aide, j'ai espéré que, vous aussi, vous pourriez combattre vos peurs, peu importe de quelle nature elles sont. Je veux vous dire que je suis là désormais, voulez-vous m'autoriser à vous aider, Samia ? »

Mais quelle folie, quelle prétention, non, je ne vais pas y arriver ! Ma gorge se serre, mes oreilles bourdonnent, pourtant je me suis élancé dans l'escalier. Véronique serait fière de moi. Allez, encore quelques marches. Ça y est, j'y suis. Je sonne. La sonnerie me fait l'effet d'une tronçonneuse qui me découpe la cervelle. Je n'arrive plus à respirer. J'attends mon arrêt de mort, je me souviens du goût du sable, de ce soleil écrasant malgré mon casque, du paquetage qui me broyait le dos comme si je soulevais une enclume, de cette mitrailleuse que je traînais et que je camouflais avec ma main prête à appuyer sur la gâchette, là, tout de suite pour que tout s'arrête, pour qu'une salve de balles venues d'en face me frappent en pleine poitrine.

Je suis seul, désespérément seul. J'attends. Samia ne m'ouvre pas la porte. Je ne comprends pas. Que fait-elle ? Est-ce possible qu'elle soit partie ? Non, elle ne sort jamais. Elle s'est autorisé une seule promenade avec moi et le temps s'était suspendu, j'ai ressenti une de ces joies brutes qui se présentent rarement, parfois jamais dans une vie. Et ce moment de bonheur, je l'ai bien vécu, personne ne pourra me l'enlever. J'ai conscience qu'il ne reviendra pas dès qu'elle saura qui je suis, ce voyeur, cet homme pervers, capable de la harceler jusqu'à venir balayer devant sa porte. Aucune personne normalement constituée n'accepterait cette situation. À cet instant, je sais qu'elle m'observe à travers l'œilleton. Pourquoi refuse-t-elle de m'ouvrir cette porte, alors que je ne lui ai encore rien révélé ? Je sonne une dernière fois, puis je fais demi-tour, je traverse la rue et je rentre chez moi. Mortifié.

Les lumières derrière les rideaux de son appartement me confirment sa présence ; elle les a tirés, alors que d'ordinaire elle ne le fait jamais. Que se passe-t-il, Samia ? De qui te caches-tu, si ce n'est pas de moi ? Je tourne comme un fauve en cage dans cet appartement de malheur et je regrette de ne pas pouvoir joindre sa sœur, elle me donnerait sans doute une explication. Que n'ai-je pas eu le courage de lui poser des questions sur Samia tout à l'heure, alors qu'elle me considérait comme son sauveur ? Au fond, je sais pourquoi je ne l'ai pas fait, parce que je veux qu'elle me révèle sa propre vérité, et si et seulement si elle le désire. Je ne veux pas la contraindre, je ne veux pas violer son intimité, ses secrets ; bien sûr la fantasmer, en soi, est déjà condamnable. Elle me verrait à présent, je lui parle comme je le fais chaque soir avant de me coucher. Mais, ce soir, ma gorge peine à trouver les mots alors que je me déshabille, enfile mon pyjama et me glisse sous la couette. Un poids de douleur m'écrase la poitrine, me paralyse les membres. Je me sens impuissant et néfaste ; elle a raison, Samia, je ne suis pas un type fréquentable. J'aimerais que le sommeil m'emporte, un de ces sommeils dont on ne se réveille pas.

ELLE

Quand je pense qu'il y a quelques heures encore je le considérais comme un type bien. Ma mère m'avait pourtant prévenue, les hommes, il faut toujours s'en méfier. Et qu'imaginer d'un individu qui vous épie depuis des mois et joue un double jeu ? Omar se résout à exécuter son plan lui-même puisque son homme de main n'a pas été fichu de remplir son contrat. Le pauvre, je lui donne bien du tracas, une cible qui ne sort jamais, alors quelle aubaine cette offre d'emploi ! C'était bien vu, s'installer dans mon immeuble pour mieux me piéger. Ce pauvre bougre s'est fait avoir comme un bleu, à cause d'un pull bleu, l'ironie du sort. Pourtant, dès la première fois, dans ma cuisine, il aurait pu m'étrangler, pourquoi n'avoir rien tenté ? Un sursaut de mauvaise conscience, une hésitation, ou un renoncement ? Parce que, au fond je le sais, Omar n'avait pas les moyens de payer un professionnel, alors il s'est rabattu sur ce type aux abois, un gars qu'il a manipulé, une de ces petites frappes attirées par l'appât du gain. Mais maintenant qu'il a obtenu son visa, mon mari va finir le sale boulot. Mes premières intuitions étaient donc les bonnes, voilà des semaines qu'il devait enquêter en sous-main, pour finir par recruter ce malfrat. Je le connais, Omar, ses magouilles, ça ne date pas d'aujourd'hui, il croyait peut-être que je n'avais pas remarqué ses billets roulés dans la cuve du samovar qui trônait sur notre buffet. Jusqu'alors, il revendait des voitures, spoliait des locataires, arnaquait des commerçants, mais s'improviser criminel, je ne l'aurais jamais cru. Pas à l'époque. Pas avant que notre enfant tombe dans le puits. Depuis lors, il a abandonné ses trafics, il rêvait d'attraper un plus gros poisson et rien ne pourrait l'arrêter. Alors, c'est vrai, j'ai plongé dans ce bocal ; l'oxygène me manquait, mais à force de tourner en rond, d'un dernier élan, ce tourbillon m'a projetée dans une eau plus claire, plus vaste. La peur m'a quittée. Aujourd'hui, le petit poisson rêve d'océan. Pourtant, c'est bien trop grand, bien trop dangereux. Pour une fois, Omar est tombé sur un os, un petit escroc qui aime les livres, qui aime plus les livres que l'argent, une incongruité dans ce milieu de truands. Plus j'y pense et plus je comprends qu'à force de me sonder derrière sa fenêtre Victor a perdu le sens des priorités, je n'y vois pas d'autres explications. Ce type n'est pas complètement mauvais, mais il faut se méfier des gens versatiles, ceux sur qui on ne peut pas compter. J'aimerais revenir quelques heures en arrière, revenir à l'impatience que j'avais de connaître cet homme dont la bibliothèque conserve les poèmes du Grand Homme, l'autre Victor, dont je lisais les œuvres à l'époque d'avant le puits. Derrière mes rideaux, j'hésite encore, car cet homme qui m'invitait à suivre un autre chemin m'a séduite, du moins c'est ce que je croyais. Étonnamment, cette conspiration ne m'a pas replongée dans le puits. Le puits ne me fait plus peur ni cette porte que je n'ai franchie qu'une seule fois avec lui. Je l'observe depuis un moment, cette porte, j'entends la vie qui grouille derrière. Cheitan me considère, inquiet, je le caresse, puis le prends dans mes bras. Il miaule pour la forme, mais il a compris. Ce chemin de liberté m'aspire comme un siphon, je ne résiste plus à son attraction. J'attrape les quelques billets de banque, jusqu'alors inutiles, déposés sur la console de l'entrée par Jasmine, et je les enfonce dans ma poche. Ensuite, j'attrape le panier dans lequel je puisais de quoi survivre, j'y dépose Cheitan en veillant à ne pas l'affoler, en lui promettant une autre vie. Je ne sais pas ce qu'elle nous destine, mais il doit me faire confiance. Je glisse Pinpin entre ses pattes, qui se laisse faire docilement. Je referme la porte derrière moi.

LUI

Ce matin, aucune lumière ne filtre derrière ses volets. Le jour se lève. D'habitude, à cette heure, elle est assise dans sa cuisine, un thé brûlant posé sur sa table et Félix qui ronronne sur ses genoux. J'ouvre les fenêtres pour guetter son apparition, mais la matinée s'étire sans qu'elle se manifeste. Nous sommes dimanche. La cloche de l'église Sainte-Marguerite s'époumone pendant que mon souffle court m'oblige à haleter comme un chien. Tout est immobile en face, cruellement immobile. Je dois y retourner, je dois lui parler, lui dire la vérité. Elle comprendra, elle connaît trop bien cette fébrilité qui anesthésie toute forme de courage. J'enfile ma veste, la bleue, celle que je portais quand les directeurs d'expositions m'accueillaient en hôte de marque, impatients et fiers de déballer un tableau de Caravage ou de François Boucher. Aujourd'hui, j'aimerais emmener Samia au musée d'Orsay admirer les *Coquelicots* de Monet ou son *Bassin aux nymphéas* qui donne cette impression d'infini. Nous pourrions entrer dans le calme de la toile, nous perdre dans l'herbe folle des profondeurs de l'eau. Ça suffirait à tout, aux mots de trop, aux gestes inutiles, aux formes hostiles environnantes.

Me voilà maintenant face à une porte sombre, implacablement fermée malgré mes sonneries répétées. Alors, j'actionne la poignée qui bizarrement cède sous ma main et j'entre chez elle le cœur battant. Je l'appelle, plusieurs fois, sans réponse, je me dirige vers le salon. Il est vide, l'appartement est vide, Samia et son chat ont déserté les lieux. Je ne comprends pas. La panique me gagne, où sont-ils ? Sont-ils en danger ? J'en conclus qu'ils n'ont pas passé la nuit ici. Je dois prévenir sa sœur, une fois de plus, je me maudis de n'avoir pas eu la présence d'esprit hier de lui réclamer son numéro de téléphone. Alors, je songe au directeur du syndic, M. Laroche, mon employeur, il loge au troisième. En descendant, je croise un homme au teint mat et au regard sombre que je m'étonne de n'avoir jamais rencontré, tant mieux, dans mon état, je n'ai aucune envie de discuter avec les locataires. Je sonne à la porte de Laroche. Celui-ci m'accueille avec une moue de dédain, visiblement je le dérange. Ça m'est égal, tout m'est égal, je lui demande s'il a le numéro de téléphone de l'occupante du sixième, c'est urgent, elle s'est absentée, mais ça sent le brûlé, il faut réagir. Paniqué, il veut monter, m'accompagner sur les lieux, mais d'une voix autoritaire, jusqu'alors inconnue, je lui intime d'appeler les pompiers. Surpris par mon audace, il m'introduit dans son bureau, me tend un carnet, m'indique du doigt un nom suivi d'un numéro d'appel, puis attrape son combiné, un peu fébrile. Une sonnerie, puis une autre, je dévale l'escalier, mon appareil téléphonique à l'oreille, pour rejoindre le rez-de-chaussée et me réfugier chez moi. Une femme me répond, c'est elle, c'est sa sœur. Je bafouille :

— Elle est partie.

Ma voix tremble et elle me demande de répéter, l'appartement est vide, elle doit venir, tout de suite, on doit la retrouver. Elle dit :

— J'arrive dans une demi-heure.

— Chez moi, précisé-je.

Je lui donne l'adresse. Elle y consent, je sais qu'elle panique elle aussi.

Quinze minutes se sont écoulées. De mon balcon, je vois débarquer deux camions de pompiers, sirènes hurlantes, se garer au pied de l'immeuble. M. Laroche va me maudire, toute cette agitation pour rien. Pour rien pour lui, pour eux tous, mais moi, ma vie en dépend, notre vie en dépend. Samia, où es-tu ? Je me recule, j'ai bien trop peur que Laroche jette un coup d'œil à ma fenêtre, pourtant, quand il m'a embauché, je me suis ravisé, je lui ai fourni une fausse adresse, je me dis que j'ai bien fait, et pour mon téléphone aussi. Me cacher est devenu ma seconde nature, même si je ne sais pas de quoi est faite la première. Mais pour l'heure, tout cela m'est égal, j'attends

Jasmine, j'espère que Laroche ne va pas l'apercevoir et l'interpeller, car il la connaît bien sûr, tout le monde dans l'immeuble connaît cette femme qui se rend chaque mardi chez l'inconnue du dernier étage.

ELLE

Ce matin, l'océan s'ébroue sous mes yeux. Dans la nuit, j'ai entendu sa respiration par la fenêtre. Je veux désormais laisser les fenêtres et les portes grandes ouvertes. Heureusement, nous sommes en juin et l'air doux pénètre dans la chambre. Un train de nuit aura suffi à m'échouer sur ce littoral en prise au vent et au roulis des vagues, dans cette station balnéaire à quelques kilomètres de Biarritz. L'hôtel est cher, mais il restait une petite chambre face à la mer. Le gardien de nuit n'a rien dit pour Cheitan avec sa tête qui dépassait du panier. Quant à Pinpin, il hiberne depuis le jour du puits, alors rien n'aurait pu le perturber, pas même ce bruit de ferraille, secoués comme nous l'étions dans ce compartiment où seuls nous accompagnaient une femme et son enfant. La femme avait un sourire très doux, elle regardait son fils dormir sur la banquette et veillait à le couvrir dès que le duvet s'échappait de son corps ballotté par les mouvements du train. Un petit garçon qui avait l'âge du mien. Moi aussi je le regardais, cet enfant ; j'ai veillé sur lui avec cette femme toute la nuit, sauf que la mère n'en a rien su dans cette pénombre. Je le dévisageais comme mon fils autrefois, en lui prédisant un destin de roi, une vie de merveilles, comme toutes les mères le font. Je n'ai pas pleuré. Les larmes se sont taries, elles reviendront moins souvent, je l'ai compris. Pourtant, l'enfant sera toujours là à portée de mes rêves, couché dans son écrin, mais, cette fois, je déciderai de l'ouvrir seule, cet écrin, et je porterai mon bijou sur le cœur à l'envi, sans qu'aucune force m'y oblige. Jasmine dirait simplement que mon travail de deuil a fait son chemin, mais moi, je préfère le dire autrement. Parfois, mon regard se posait sur la femme. Que faisait-elle ici avec son enfant ? Fuyait-elle aussi un mari violent ou rejoignait-elle un amant pour espérer fonder un nouveau foyer ? Que deviendra cet enfant abandonné aux bercements d'un train dans cette nuit d'été, sous le regard tendre de deux fées penchées sur son berceau ? Nul ne le sait, mais je veux croire que la vie exaucera les vœux de deux mères esseulées dans cette nuit d'été.

Dans la précipitation de mon départ, j'ai oublié de prévenir Jasmine, ou parce que, au fond, une force inconnue me dictait de courir après une liberté qui ne réclamait aucune compromission. Il fallait partir seule, éprouver enfin ce désir de me frotter aux routes et aux océans, aux humeurs du ciel et à toutes sortes d'inconnus que je n'avais jamais imaginé vivre jusqu'à présent. Et ce matin, avec seulement de quoi régler deux nuits d'hôtel, j'ai atteint cette première étape de mon voyage. Je n'ai plus peur. Je sais que je le dois à cet homme engagé pour m'éliminer, alors que tout chez lui m'inspirait confiance. Comment ai-je pu me tromper à ce point ?

Pour Jasmine, c'est autre chose, je dois trouver le moyen de la rassurer. Nous sommes mardi. Dans quelques heures, elle va se rendre chez moi, traînant derrière elle son Caddie rempli de vivres et de livres à mon intention, avec ce nouvel espoir qu'elle nourrit de ma délivrance. C'est vrai, je pensais pouvoir me confronter à Omar, mais je ne me sens pas tout à fait prête. J'ai besoin encore d'un peu de temps, le temps d'éprouver et de consolider cette femme différente que je m'apprête à devenir, cette femme qui assume de le quitter, de lui demander le divorce, sans culpabilité ni contrition d'aucune sorte.

LUI

La sonnerie de mon téléphone retentit. Jasmine, en bas de l'immeuble, m'avertit de sa présence. Je déclenche l'ouverture de la porte, les mains tremblantes. Elle s'est précipitée directement chez moi, et cette confiance me conforte dans l'espoir que nous pourrons compter l'un sur l'autre pour retrouver Samia. J'ai préparé un thé pour la forme, mais je sais qu'aucun de nous n'y touchera. Je pense qu'elle s'empêchera de s'asseoir sur mon canapé, ni même n'osera jeter un coup d'œil aux vastes toiles qui tapissent mes murs. Car l'heure est grave, nous devons nous parler, confronter nos hypothèses, ce qui a motivé Samia à quitter son appartement, cette femme qui était incapable d'en sortir jusqu'alors. Devant ma porte, j'entends des pas se rapprocher, je n'ai plus le temps de convoquer ma peur, je lui propose d'entrer. Je n'avais pas remarqué à quel point leurs regards se ressemblaient ; car, en cet instant, Jasmine m'offre un visage inquiet, presque suppliant ; elle a perdu son assurance habituelle. Elle parle vite, le souffle court, ses mains s'agitent et elle ne tient pas en place. Elle tourne au milieu de mon salon, jetant comme moi à intervalles réguliers son regard affolé par la fenêtre, et nous distinguons les camions de pompiers qui s'apprêtent à quitter les lieux. Seuls M. Laroche et quelques résidents discutent encore devant la porte de l'immeuble, sans doute s'indignent-ils de mon inqualifiable réaction. J'ai expliqué à Jasmine la façon dont j'ai réussi à la contacter, elle me dévisage étonnée, il est temps que je lui avoue tout le reste, les deux hommes qui vivent en moi, celui d'ici et de là-bas, cette supercherie motivée par mon désir de rencontrer sa sœur. Elle m'écoute sans m'interrompre, je pense que j'ai choisi les mots justes, car elle n'a pas l'air indignée, simplement abattue, puis elle s'assoie, presque calme cette fois, et elle me raconte sa sœur. Le Maroc, l'enfant mort, la peur qu'elle a de son mari, ce besoin qu'elle a eu de se punir aussi, de se cloîtrer, cette culpabilité qui ne la quitte plus depuis ce drame. Cette fois, c'est moi qui reste figé face à elle, alors qu'une tempête me secoue à l'intérieur, car mon intuition était juste, j'avais compris qu'une douleur indicible l'habitait, un secret paralysant, au point qu'elle s'enferme comme une princesse déchue au fond d'un cachot. Et voilà que sa sœur me confie tout ce que j'aurais souhaité que Samia elle-même me révèle, à force de patience et d'attentions, et cette histoire entre nous dont je rêvais et dont nous avons été incapables d'écrire le scénario ensemble, empêtrés comme nous l'étions dans nos mal-être, juste bons à vivre par l'intermédiaire des livres. Alors que je tente de retenir l'émotion qui me submerge, Jasmine me ramène au réel, elle ignore où chercher sa sœur, qui ne fréquente personne ici, et elle se fustige de lui avoir annoncé l'arrivée prochaine de son mari. Un homme hostile, certes, mais dont elle ne croit pas à la dangerosité. Elle poursuit sur les tendances paranoïaques de Samia depuis la disparition de son fils. De nouveau, mon cœur se serre, de toutes ses douleurs, celles qui accablent cette femme et j'ai honte de lui avoir infligé ma présence intrusive, ma pauvre quête égocentrique et maladive. Inquiet, je demande à Jasmine si ma seule existence pourrait être à l'origine de sa fuite, mais celle-ci n'y croit pas, même si Samia a forcément deviné mon double jeu, elle-même troublée par ma ressemblance avec l'homme de ménage. Au bout d'un silence qui vient de s'installer entre nous par ce trop-plein d'émotions, je tente :

— Et si, tout simplement, elle avait voulu reprendre sa liberté ?

ELLE

Je visite le petit port de Guéthary, puis, descends sur la plage de sable fin. Mes pieds nus s'enfoncent dans les grains tendres et je scrute l'horizon au bout de la jetée encastrée dans les rochers feuilletés, en humant cette brise bienfaitrice. Tout ici me plonge dans un calme souverain, je reviens à l'innocence de l'enfance, je ramasse des coquillages et quelques morceaux de bois flotté pour les faire sentir à Cheitan, resté sagement dans la chambre de notre hôtel Art déco, le seul ou presque sur cet arpent de terre de mille âmes. Un bus m'a conduite jusqu'à ce coin pittoresque où de nombreux randonneurs empruntent le sentier du littoral. Au café du port, j'ai demandé à téléphoner. J'ai entendu la respiration saccadée de Jasmine derrière le combiné. Je lui ai dit de ne pas s'inquiéter, de me pardonner, de me laisser un peu de temps, et puis je lui ai réclamé un mandat-poste. Je lui ai promis que je la rembourserais, que je comptais bien trouver du travail. Je sais qu'elle se fait du souci pour moi, mais je sais aussi qu'elle me fait confiance, qu'elle se réjouit de mon incroyable métamorphose. À ce sujet, elle a voulu me parler de Victor, et mes battements de cœur se sont emballés. Je refusais d'écouter ses arguments, elle a insisté, m'a demandé de réfléchir. Mais réfléchir à quoi ? Selon elle, Victor me voulait du bien, il tenait à moi. Je m'étais trompée sur lui. C'est à ce moment que j'ai raccroché. J'ai dit : « Je rappellerai. »

À la poste, j'ai ouvert une boîte aux lettres, le receveur m'a montré un casier et m'a tendu une clé. Ce soir, je changerai d'hôtel, je ne veux pas rester trop longtemps au même endroit, car Omar finira par savoir où je suis.

Quand hier je me suis rendue à la gare Montparnasse, le petit polar de Ian Manook, *Retour à Biarritz*, dépassait de mon sac et j'ai choisi de prendre un billet sans plus réfléchir à une autre destination. Je ne le regrette pas ; tout ici respire la beauté. La montagne se perd dans l'océan, et les maisons entourées de pinèdes confèrent aux côtes un air de vieilles dames chics, comme si le temps s'était arrêté à l'époque où les têtes couronnées venaient se pavaner sur les digues ou les terrasses d'hôtels. Demain, j'irai visiter les gorges de Kakuetta, paraît-il, incontournables, et je déambulerai le long de la promenade du bord de mer jusqu'au rocher de la Vierge. Ensuite, comme tout le monde, je passerai par le port de pêche et suivrai les avenues tortueuses du centre-ville avec leurs luxueuses boutiques. Dans les prochains jours, j'aurai à cœur de cheminer sur les pas de Victor Hugo, quand celui-ci s'arrêta ici avant d'entreprendre sa route d'Espagne. Le grand Victor me ramène au petit, mon voisin et serviteur, amoureux des lettres et des arts. Je me surprends à regretter sa présence à mes côtés dans ce voyage initiatique, car s'il n'avait s'agi de son rôle trouble d'espion, nous aurions pu partager dans ce décor idyllique bien des émois esthétiques et sans doute charnels. Et si Jasmine disait vrai, si Victor n'avait rien à voir avec Omar ? Pourtant, comment pourrait-il en être autrement, il faut bien qu'une raison inavouable le force à m'épier de la sorte, je ne peux pas croire que ma seule silhouette derrière mes fenêtres l'ait séduit, tout ça me semble délirant. Ça voudrait dire alors que cet homme est fou, et donc dans tous les cas je n'ai rien à regretter. Mais plus j'y pense et, malgré ce décor féerique, plus la solitude continue à me peser, au point de tordre mon sens des réalités. Suis-je vraiment ici, est-ce bien moi qui ai entrepris ce voyage ? Même si mon regard épris de liberté se perd à l'horizon et que mes poumons respirent un air nouveau, il me semble que mon esprit versatile gardera toujours des traces de la femme emmurée que j'étais.

LUI

Alors, j'avais bien entendu. Samia s'était bel et bien décidée à quitter sa geôle pour goûter aux embruns, quelque part sur la côte basque. Devant mon insistance, Jasmine avait fini par me dévoiler sa destination. Quand elle m'avait fait part de l'appel de sa sœur, j'ai d'abord ressenti un immense soulagement, elle n'était pas en danger, son mari ne l'avait pas enlevée. Sans doute aurais-je dû me contenter de cela, elle avait réussi comme moi à se défaire de sa peur, c'est ce que je lui avais souhaité de tout cœur dès lors que j'avais su qu'elle et moi souffrions des mêmes maux, de ceux que nous nous étions imposés en victimes expiatoires. Seulement, elle reprenait sa liberté avec l'arrière-goût amer de ma lâcheté. J'étais ce type qui lui avait redonné un semblant d'espoir dans l'humanité et qui le lui avait repris aussitôt. Jasmine me l'a confirmé, Samia avait compris mon petit jeu de dupe, et même pire, elle se persuadait que son mari m'avait missionné pour la surveiller, et l'éliminer. À cette pensée, je me revois l'arme à la main, allongé sur le sable, prêt à faire feu, et ma respiration se bloque. Oui, c'est vrai, ils m'ont forcé à tirer, je n'avais pas le choix, c'était eux ou moi, comment aurais-je pu faire autrement ? Mais toi, Samia, comment peux-tu imaginer un seul instant que je puisse te faire du mal ? Comment pourrais-tu savoir que justement je me suis retiré du monde à cause de ce qu'ils m'ont obligé à faire dans ce désert de dunes alors que je n'étais encore qu'un enfant ? Oui, c'est vrai, je me suis entraîné sur des cibles en carton d'abord, accoutré en guerrier, comme au temps où mon père m'avait offert ma première panoplie de GI, j'avais à peine six ans. C'est vrai, j'ai joué au soldat dans cette armée de petits chefs, j'ai obéi aux ordres, j'ai suivi à la lettre tout ce que l'on m'a ordonné, et puis, vois-tu, quand il a fallu se rendre là-bas pour cette opération bien réelle, j'ai pris conscience qu'on ne jouait plus, et mon enfance a volé en éclats. C'était l'éducation des héros, de celle dont rêvait mon père pour moi. Alors qu'aujourd'hui tu m'imagines en quelque tireur d'élite ou criminel, je devrais en rire si je n'étais pas aussi triste que ce soit toi précisément qui t'en persuades.

Plus les jours passent et plus je tourne comme un lion en cage dans mon appartement, bien que je ne souffre plus d'agoraphobie, du moins pour le moment. J'ai même été me présenter à M. Laroche pour m'excuser, il m'a insulté copieusement en m'intimant de ne plus jamais remettre les pieds dans la résidence. De toute façon, à quoi bon rester puisque tu n'y es plus ?

Pour l'heure, je n'arrive pas à me défaire d'une inquiétude. En quittant l'immeuble, j'ai recroisé cet homme au regard noir et je me suis imaginé qu'il ferait un parfait Omar. Alors, depuis, je scrute la porte de ta résidence pour voir ce qu'il manigance. Et figure-toi que, ce soir, il a pris possession de ton appartement. Il mange dans ta cuisine, fume dans ton salon et dort dans ton lit. Depuis, je reste de nouveau figé à la place où je me trouvais quand tu vivais là, face à tes fenêtres, en me reculant dès qu'il s'approche trop près de l'une d'entre elles. À cette heure tardive, je n'ose pas appeler ta sœur, mais je trépigne de savoir si mon intuition est la bonne. Dès lors, je suis bien content de te savoir loin d'ici, même si tu me manques terriblement. Maintenant que je sais où tu te trouves, je t'imagine avec Félix, quelque part entre Bayonne et Saint-Sébastien, à manger de la morue ou des chipirons en regardant la mer. Je te préfère dans cette carte postale du Sud-Ouest que dans le mauvais polar qui se joue sous mes yeux. À tout moment, j'ai peur que cet homme sorte une kalachnikov de sa valise.

ELLE

Aujourd'hui, j'ai reçu une carte postale de Victor dans ma boîte aux lettres. Ma première réaction a été de m'emporter contre Jasmine à qui j'avais fait promettre de ne divulguer mon adresse sous aucun prétexte. Je n'ai pas décoléré de toute la journée. Je ne la comprends plus, elle qui m'a toujours protégée, pourquoi donne-t-elle si facilement sa confiance à cet homme ? Je lui ai dit pourtant qu'il fallait s'en méfier, qu'il travaillait pour le compte d'Omar, pourquoi ne veut-elle pas me croire ? Assise en tailleur sur le lit, Cheitan et Pinpin à mes côtés, je tourne et retourne nerveusement la carte entre mes doigts. Il s'agit du tableau *La Liberté guidant le peuple* de Delacroix. Cette femme au centre de la composition capte mon regard. Elle est légèrement surélevée par rapport aux autres personnages, il faut y reconnaître sous les traits de cette Parisienne déguenillée qui brandit un drapeau le symbole de la liberté. Elle porte sur sa chevelure la coiffe des esclaves affranchis de l'Antiquité. Derrière, il a écrit : « Je vous souhaite d'être heureuse, et peu importe où vous êtes, pourvu que vous soyez libre. » Mais pour qui se prend-il à la fin, pour un philosophe maintenant ? Décidément, ce type ne me lâchera pas, comme si m'épier durant tout ce temps ne lui avait pas suffi, je crois que s'il était face à moi, je lui cracherais au visage. Mes mains tremblent et ma respiration s'emballe, Cheitan se redresse, inquiet, je m'efforce de me calmer, je lui caresse le dos longuement jusqu'à ce que mes doigts chauffent et se fondent dans sa fourrure. J'ai fini par m'endormir, et en me réveillant j'ai essayé de comprendre pourquoi je réagissais de la sorte. S'il était malveillant, il m'aurait déjà retrouvé, il aurait déjà accompli son sale boulot, il n'avait nul besoin de m'adresser une carte, ou alors celle-ci comporterait un message du genre « tu vas payer pour ce que tu as fait », et puis Omar l'aurait signée. Au fond, je ne veux pas reconnaître qu'il me trouble, je n'y arrive pas, je sais bien ce que me dirait Jasmine : « Tu fais ta fière parce que tu as claqué la porte, mais face à la possibilité d'aimer tu te renfermes à double tour ! » Oui, je l'entends comme si elle se trouvait là, en face de moi, avec son air sévère qui s'évanouit aussi vite. Elle me manque. Voilà deux semaines que je m'offre des vacances à ses frais. Je me suis saoulée de ciels lumineux, de plages blondes, de chemins de douaniers et de ruelles sinueuses, j'ai couché dehors parfois, couru sur la grève, mangé des fruits de mer, je me suis baignée dans des roulis menaçants, j'ai dormi dans des draps frais et j'ai bu des vins liquoreux. Je me suis acheté des robes d'été, et des hommes m'ont regardée. Mais c'est vrai, j'ai pensé à cet homme souvent, en tentant chaque fois de le chasser de mon esprit comme on se débarrasse d'une poussière sur un manteau, ça ne m'a pas obsédée, c'était juste l'éclat d'un souvenir heureux dans toute cette noirceur. Et c'est vrai, le puits ne m'aspire plus comme avant, alors la vraie liberté ne serait-elle pas de cheminer dans les régions de mon cœur plutôt que de suivre ce littoral comme on court un marathon ? Je sais que je peux vivre maintenant, en tout cas vivre mieux, je l'ai su en foulant cette terre qui m'accueille en reine, et je lui en suis reconnaissante. Je veux m'installer ici, trouver un travail, il est temps de me glisser dans une vie normale, de m'y faire une place, de devenir comme tout le monde, me faire des amis, avoir des collègues, recevoir Jasmine, son mari et mes neveux et, pourquoi pas, prendre le risque de revoir Victor. Je ne sais rien de lui sinon qu'il aime les livres, comme moi, qu'il se passionne pour l'art et qu'il tente lui aussi de s'affranchir du passé. Demain, j'appellerai Jasmine. J'inviterai ma sœur à venir me rejoindre.

LUI

Ce matin, la pluie fouette les vitres et forme des gouttelettes qui glissent comme des larmes sur la surface transparente. J'ai du mal à distinguer la silhouette de l'homme, il se trouve dans la cuisine et semble se préparer un thé dans un samovar. Il a dû l'apporter, car Samia n'en avait pas. Jasmine ne me répond plus, je suis inquiet, je lui ai laissé plusieurs messages depuis hier. Elle me juge peut-être trop intrusif, après tout, avoir nourri sa sœur et lui avoir procuré des livres ne suffit pas à m'octroyer une place de choix dans sa vie. Mais je me demande pour quelle raison – si c'est bien lui – le mari de Samia s'est installé ici plutôt que chez sa belle-sœur, ce comportement me semble pour le moins étrange et je ressens comme un mauvais pressentiment, par conséquent, je reste à le surveiller comme du lait sur le feu. Pourquoi serait-il venu du Maroc si ce n'est pour harceler Samia, car j'ai du mal à croire qu'il ait décidé de faire ce voyage en touriste ou par amitié pour son ex-belle-famille ? Je me doute qu'il veut en découdre avec sa femme, et serait-ce possible qu'elle soit en danger avec lui ? J'ai bien saisi qu'elle n'a jamais été heureuse dans son couple, d'autant plus depuis la perte de leur enfant, puisque, paraît-il, il lui voue depuis ce drame une haine aveugle. Je comprends que leur relation n'ait pas survécu à tant de douleurs, mais si Samia a décidé de s'enfuir, elle doit avoir de bonnes raisons, et, pour moi, c'est tout ce qui compte. Sa sœur ne semble pas autant convaincue par sa dangerosité, « c'est vrai, m'a-t-elle confié, il a rêvé de la mort de Samia, il le lui a dit, mais les mois ont passé, et même si son deuil et la fuite de sa femme le dévastent, il doit respecter son choix. »

Alors que j'ai abandonné quelques minutes mon poste à la fenêtre pour déjeuner, à mon retour, j'aperçois Jasmine en tête à tête avec l'homme dans le salon. Mon cœur bondit. Leurs mouvements de bras et leurs postures défensives m'indiquent la scène électrique qui se joue entre eux. Jasmine s'est redressée et semble lui crier dessus, l'homme la bouscule et sort de la pièce. Je m'accroche au visage de Jasmine et elle tourne sa tête dans ma direction. Nous restons de longues minutes ainsi tétanisés. Mais je dois savoir ce qui se trame en face sous mes yeux, et j'enfile ma veste, bien décidé à sortir, quand la sonnerie retentit. Ce n'est pas Jasmine, elle n'aurait pas eu le temps de traverser la rue, d'ailleurs je la distingue encore derrière les vitres, alors qui ça peut être ? Véronique, non, je ne l'attends pas avant dimanche midi. L'angoisse m'étreint, mais je déclenche l'interphone.

— Qui est-ce ? dis-je.

Pas de réponse, j'insiste.

— Je m'appelle Omar Ouazzani, je dois vous parler, me répond une voix teintée d'un accent prononcé.

Sous le choc, mes jambes ont du mal à me retenir. Mon premier réflexe m'intime de ne pas lui ouvrir la porte, mais je songe que, d'une façon ou d'une autre, je peux peut-être participer à aider Samia, alors malgré ma trouille au ventre je l'invite à entrer. Face à moi, je reconnais l'homme de l'escalier à la posture imposante, plutôt beau garçon, mais son regard ténébreux m'impressionne. Il ne se jette pas sur moi ni ne m'insulte, à mon grand étonnement. Alors que nous nous dévisageons sur le seuil de la porte, un peu rasséréné, je lui propose de me suivre jusqu'au salon et nous nous installons de part et d'autre de la table basse en silence. Mon cœur tambourine et je tente de maîtriser les tremblements de mes mains. Lui, il semble calme et, d'une voix claire et assurée, m'explique les raisons de sa visite.

ELLE

C'est un hôtel à la façade Art nouveau, vaste et lumineux, qui surplombe la mer. Dès l'entrée, mon regard balaie les murs du grand salon et son immense bibliothèque, alors qu'au centre trônent des canapés en cuir cernés de guéridons en marbre. Plus loin à droite, la salle à manger, sur deux étages, impressionne par sa vaisselle luxuriante et le drapé de ses fenêtres. Les tables sont dressées pour accueillir une clientèle de choix, et d'un coup ma présence me paraît incongrue dans cette rutilance d'un autre âge. La femme me demande de la suivre en cuisine et un chef en toque et blouse blanche me pose un tas de questions sur mes références en service de salle. Je mens, je m'invente un CV dans de prestigieux restaurants parisiens, mais l'homme a l'air pressé et contrarié, il lui manque une serveuse pour son service du soir, je ferai l'affaire.

En quittant l'hôtel, je m'étonne de mon culot, mais mon indigence ne me laisse plus le choix. J'ai épuisé mes dernières ressources et il est temps que je m'assume. Cette nuit, je ne sais pas où dormir ; comme la nuit précédente, un coin de sable fera l'affaire, Cheitan calé dans le panier à mes côtés. Il craint le bruit des vagues et se pelotonne sous la couverture à côté de Pinpin. Je lui ai promis que bientôt nous dormirions dans un bon lit, et même peut-être trouverais-je une pension avec un bout de jardin. En attendant, je dois épier du mieux que je peux les serveurs du service de midi pour retenir les gestes et les postures pour ce soir. Alors, cachée derrière un massif de magnolias et d'hortensias, je scrute les allées et venues de l'équipe tout endimanchée de tabliers blancs et pantalons ou robes noirs. Je reste en planque jusqu'à ce que mes jambes lourdes m'obligent à m'asseoir et, appuyée au tronc frais d'un cèdre, je m'assoupis quelques instants avant qu'un jardinier vienne m'y déloger. Ensuite, je veux appeler Jasmine.

J'entre dans un café et je demande à téléphoner. Jasmine a l'air enjouée, elle a une bonne nouvelle à m'annoncer, mais la ligne se brouille, j'entends « divorce », « Victor », puis « le train de dimanche », je peste, je répète « quoi » à tout bout de champ, fort sans doute, car un homme au bar me lance un regard noir. Vaincue, je raccroche et je sors en retenant la voix soulagée de Jasmine. J'ai bien entendu le mot divorce, serait-il possible que Jasmine en ait touché deux mots à Omar, et que celui-ci commence à s'y résoudre ? Peut-être qu'avec le temps il a refréné ses pulsions vengeresses pour une décision sage. Je sais qu'il a vécu mon départ comme un affront, il aurait préféré jouir de ma longue déchéance, me rappeler chaque jour la mère infanticide que je suis et que la famille le plaigne en me jetant des regards hostiles. Mais, ces dernières semaines, j'ai fini par admettre que je n'étais pas responsable de la mort de l'enfant, que le destin pouvait frapper tout un chacun sans prévenir, qu'il n'y avait aucun sens dans tout cela et que même Dieu se fichait bien de nos efforts à l'adorer. Car la foi m'a quittée, je l'ai déplacée sur un ciel d'été, un arbre fier ou une mer d'huile. Je saurai bien assez tôt de quoi il retourne. Après tout, elle a parlé d'une bonne nouvelle, mais, pour l'instant, je dois me rendre à l'hôtel et faire de mon mieux pour assurer mon service du soir. Je donnerai tout ce que je peux, je serai rapide et précise, souriante, je bomberai le torse, je ne me tordrai pas la cheville, mon corps ne souffrira d'aucune faiblesse malgré la fatigue qui m'accable après ces deux nuits passées à la belle étoile.

LUI

Cet homme me connaissait. Son détective privé m'avait vu sortir de l'immeuble avec sa femme. Grâce à moi, il pourrait plaider l'adultère. Je ne comprenais rien. Il m'a parlé de *sharaf*, d'honneur sauf, il pouvait engager une procédure de divorce, l'exequatur serait reconnu par la législation de son pays. J'ai fini par saisir qu'il tenait son alibi pour défendre ses droits de propriété et ne rien lui laisser. Il était venu vérifier par lui-même la trahison de sa femme. Il savait qu'un jour elle ferait un faux pas, il m'a annoncé, obséquieux, qu'il avait été patient. Ce type me dégoûtait, mais, du moins, je n'avais pas en face de moi un dangereux criminel, tout au plus un mec vénal. Alors, ce divorce, en somme, c'était une aubaine, mais ce n'était pas à moi d'apprécier si Samia devait reprendre sa liberté au point d'abandonner la totalité de ses biens. Et puis, son visa allait expirer tôt au tard, comment faire pour qu'elle ne soit pas chassée du territoire ? Malgré son insistance, j'ai refusé de signer mon implication dans ce rôle d'amant que j'aurais adoré tenir ; il a fini par me dire que les photos suffiraient à convaincre le juge. Il n'y avait pourtant rien de compromettant à en tirer, tout au plus ce détective avait capturé mon regard d'amoureux transi. De toute façon, Omar Ouazzani se moquait bien de la nature de mes relations avec sa femme, il espérait juste obtenir réparation, rentrer au pays serein, assuré d'obtenir un divorce à son avantage. Tout de même, j'ai voulu savoir depuis combien de temps il surveillait Samia. Depuis le jour où elle avait foulé le tarmac de l'aéroport, il était persuadé qu'elle irait rejoindre sa sœur, de cela il n'avait eu aucun doute. À aucun moment il n'a tenté de revenir à leur drame, qui étais-je du reste pour qu'il me confie sa peine ? J'ai voulu déceler chez lui une once de compassion, un simple souvenir heureux, seulement rien de cela ne transparaissait dans ses mots ou son regard, non, il m'offrait cette attitude impassible et sévère, et j'ai mesuré à quel point Samia avait dû souffrir de cette union. Nous nous toisions avec mépris, et j'ai même ressenti une évidente fierté à l'idée qu'il puisse nous imaginer amants, Samia et moi. Et puis, je me figurais que mes murs remplis de livres et de tableaux le renvoyaient à son ignorance, que d'une certaine façon ça le rabaissait, qu'il en était jaloux, et même si d'ordinaire ce type de pensée mesquine m'était inconnue j'en éprouvais une certaine jouissance. Grand bien m'en fasse, car il est arrivé là où il voulait en venir depuis le début. Le divorce serait onéreux, et Samia devrait participer aux frais, sinon la procédure risquerait de s'éterniser, voire d'être annulée. Il m'a balancé ça d'un sourire cupide et j'ai eu envie de le frapper. Seulement, comme je savais le faire, j'ai inspiré pour me calmer, je me suis levé et je suis allé chercher le tableau remisé du cerf. Il était enveloppé dans du papier kraft, et une certaine excitation m'a parcouru à l'idée de lui restituer mes années d'obscurantisme, comme si c'était à son tour maintenant de tomber dans l'attraction vertigineuse du mauvais œil. Je lui ai assuré que ce tableau couvrirait l'ensemble de ses frais, et c'était vrai, mais je me fichais pas mal de l'argent qu'il en tirerait, seul m'importait de délivrer Samia de son passé, et quand il est parti la toile sous le bras, j'ai ressenti le poids de vingt années se délester à l'intérieur de moi. Oui, je me sentais léger, aussi léger que cet oiseau qui chantait sur la rambarde de mon balcon, et je me suis demandé quels types d'oiseaux chantaient l'été sur les balcons du Pays basque. C'est alors que j'ai jeté un dernier regard aux fenêtres d'en face et que Jasmine, encore sur place, m'a fait un signe de la main pour m'inviter à la rejoindre.

ELLE

J'ai fait l'affaire. Ils m'ont fait signer un contrat et m'ont remis la clé d'une chambre dévolue au personnel, au dernier étage. De joie, j'ai fait rouler Cheitan sur le couvre-lit et il a miaulé d'aise. Pinpin, lui, a eu droit à mes baisers mouillés sur son museau et une place de choix, bien calé contre le traversin. Notre pièce n'est pas grande, mais elle jouit d'un panorama sur l'océan et d'un balcon doté d'une chaise longue. Je n'en reviens pas, je repense à l'expression de Virginia Woolf, « avoir une chambre à soi », et c'est vrai, je me réjouis d'avoir ma chambre à moi, qui j'espère me laissera le loisir de lire entre mes obligations de service. Car, depuis mon départ, je n'ai pas lu une seule ligne, mais j'ai commencé à écrire ma nouvelle histoire en humant le ciel et la mer, en foulant les rues et ruelles de cette région, libre et légère malgré mon insécurité financière. De jour en jour, je me suis redressée, j'ai marché avec plus d'assurance, mon regard s'est posé plus nettement sur les choses et les gens, et surtout à l'intérieur de moi. Et puis, cette fois, Jasmine m'a clairement annoncé cette bonne nouvelle, mon divorce en cours, son arrivée dimanche pour que je signe les papiers, et le retour d'Omar au Maroc. Et par-dessus tout j'ai appris, sidérée, le rôle que Victor avait joué pour me débarrasser de mon mari. Toutes les étoiles s'alignent dans mon univers jusque-là chaotique, et un ciel dégagé semble vouloir s'installer pour longtemps. Car Omar a capitulé, il me rend ma liberté. Ça me paraît encore irréel, et si sa vengeance consiste à spolier mes biens et à déchoir mon honneur au sein de la famille, eh bien soit, c'est un moindre mal au regard de la peur qu'il m'a infligée. D'une certaine façon, Omar et moi sommes morts une première fois, nous ne serrerons plus jamais notre enfant dans nos bras, et à cause de cela je n'arrive pas à le détester, non, car nous devrons nous arranger avec ce chagrin et tenter de rester dignes de ce fils dont nous avions rêvé un temps l'avenir ensemble. Omar restera toujours le père de mon enfant, et peut-être considérera-t-il, un jour, que je suis restée sa mère.

Les larmes sont revenues, mais ce ne sont plus des lames de fond, elles glissent calmement sur mes joues et je les laisse s'inviter comme des hôtes bienveillants, elles pourront aller et venir à leur guise, elles ne seront plus mes ennemies.

Il me reste tout de même un point non élucidé, et pas des moindres, je ne sais pas comment me défaire de la honte d'avoir douté de Victor, de cet homme bicéphale, à la tête de voisin, d'homme de ménage ou d'assistant littéraire selon les humeurs du jour, du temps de notre vie de reclus. Il fallait qu'il soit quelque peu dérangé, mais qui ne l'est pas ? Je suis mal placée pour en juger, et sans doute mes délires ont-ils saboté davantage ma vie que la sienne. J'ai abandonné cette peur irrationnelle d'Omar et cet entêtement à vouloir me punir. Mais, aujourd'hui, je suis fatiguée de moi, je veux m'ouvrir aux autres, et pourquoi pas à mon voyeur, je veux apprendre de ses failles et de son courage. Car je sais de quelle chute il a dû se relever pour affronter ses peurs, lui aussi. Jasmine m'a confié ses tourments, sa fragilité, sa noblesse de cœur, mais tout cela, tout ce qu'il me destinait, je l'ai balayé d'un revers de main parce que je n'ai pas pu ou pas voulu le recevoir. Nous pourrions essayer de nous revoir, de nous parler simplement, débarrassés de notre ridicule habitude de jouer à cache-cache. Oublier nos livres aussi, du moins remiser nos auteurs dans leurs bibliothèques, les renfermer pour un temps dans leur bain d'encre et goûter à d'autres joies, des joies bien réelles, nos pas ancrés dans la terre, sur des chemins moins caillouteux, et nous raconter sans crainte.

LUI

Ce matin, les toits sont recouverts d'une rosée qui augure une belle journée d'été. Le parc Émile-Gallé tarde à accueillir les rires des enfants et les badauds en manches courtes, et les rues, leur foule cosmopolite. Le Paris du mois d'août est lent, de cette lenteur qui engourdit l'espace. Moi-même, je retiens mes gestes pour savourer ce calme bienfaisant. Je regarde l'immeuble d'en face, je ne verrai plus sa silhouette fragile se glisser derrière ses fenêtres ni son buste se pencher pour fermer ses volets avec ses bras en croix. L'odeur de son thé ne parviendra plus jusqu'à mes narines ni sa soupe gorgée de soleil. Voilà un mois que Samia est allée rejoindre le vent, le sel et l'océan à des kilomètres d'ici. Chaque jour, je l'imagine les pieds dans l'eau, offrir son visage au ciel, avec Cheitan qui veille sur elle, pelotonné contre sa poitrine. Mme Kieffer non plus ne reverra pas son chat, la vie est ainsi faite que ni les gens ni les animaux ne nous appartiennent, d'ailleurs sommes-nous capables nous-mêmes de nous appartenir ? Samia et moi savons que cette vérité se nourrit du plus insondable mystère de notre condition humaine.

Je ferme les placards et les armoires, les tiroirs et les volets, je vide le réfrigérateur, ferme le gaz et le compteur électrique. Je suis dans l'obscurité et ma valise m'attend dans l'entrée. J'ai remis un double de mes clés d'appartement à Véronique. Je lui laisse le loisir de dépoussiérer ou vendre mes livres. Elle patiente en bas, sa voiture garée en double file. Je referme la porte, cette porte que j'ai eu tant de mal à ouvrir, je me retourne une dernière fois pour observer son œil noir. Je souris. Je pense à l'œil du cerf qui se trouve relégué chez son nouveau propriétaire ici à Paris, ou quelque part à Rabat, ou à Casablanca, cela m'est bien égal. J'espère seulement qu'il n'envoûtera plus personne, comme il l'a fait pour moi, au point d'en perdre la raison.

Véronique me sourit. Nous roulons dans le petit matin frais vers la gare Montparnasse. Sur le quai, nous nous enlaçons avec la promesse de nous revoir vite. Jasmine est arrivée essoufflée avec ses enfants. Je lui demande où sont ses bagages, elle m'adresse un clin d'œil. Elle ne part plus. Elle ne m'accompagne plus. Je la dévisage, étonné. Je recule. Elle rit, me tend une enveloppe et m'invite d'un geste ferme à enjamber le marchepied du wagon.

— Tu la liras dans le compartiment, me souffle-t-elle.

Mon nez est collé à la vitre et mon cœur se serre à les voir tous, Véronique, Jasmine et les enfants, avec leurs sourires radieux et leurs mains qui s'agitent au-dessus de leur tête pour me souhaiter bon voyage.

Alors que le train prend de la vitesse, je décachette l'enveloppe.

C'est une carte postale. Elle représente le fameux tableau du *Baiser* de Gustav Klimt. Je plonge mon regard dans les visages de ce couple qui occupe l'espace tout auréolé de dorures sur un parterre de fleurs, ils semblent tout droit sortis d'un rêve, rien d'autre n'existe qu'eux, comme si le reste du monde s'était évaporé. Le visage de la femme s'abandonne et l'homme s'apprête à l'embrasser avec passion, mais aussi avec tendresse. Ensorcelé, je ne sens plus mes battements de cœur frapper ma poitrine. Je retourne la carte et découvre une écriture ronde et sensuelle. « L'amour, c'est donner ce qu'on n'a pas à quelqu'un qui n'en veut pas. » Je me souviens de cette célèbre formule de Jacques Lacan qui évoque le rôle du fantasme dans la relation amoureuse et la mystérieuse alchimie de la rencontre. Samia a visé juste, on ne peut plus juste. Mais elle a cru bon ajouter : « Des fantasmes à la réalité, il n'y a qu'un pas.

P.-S. Accessoirement, et si le cœur vous en dit, l'hôtel où je travaille cherche un homme de ménage. »

REMERCIEMENTS

Merci à Danielle Mazens et Jean-Baptiste Vest, mes éditeurs, pour leur confiance renouvelée après la publication de mon livre *Les sans-gloire*.

Merci donc à toute l'équipe des Éditions Souffles Littéraires, Julien pour la couverture et Amandine pour les corrections, les adhérents, mais aussi les auteur-es qui composent cette belle famille littéraire.

Et puis je n'oublie pas mes lecteurs et lectrices qui me suivent depuis les débuts, et aussi ceux et celles qui découvriront ce livre, cette joie, j'espère, des partages à venir !

Par-dessus-tout un grand merci à Philippe, mon mari et soutien indéfectible.

AUX ÉDITIONS SOUFFLES LITTÉRAIRES

Collection Grands souffles

Dixième Manche, une histoire américaine, Alexandre Bertin.

L'aube d'un autre monde, Lionel Emery.

Appelez-moi Camille..., Sylvie Grignon.

Elyane sous le toit, Laurence Jyl.

Dieu ne m'aime pas, Gabriel Kaluszynski.

Le peintre à deux doigts, S.H. Kovski.

Sanction, Pierre Tré-Hardy.

Michael : Invisible, Jean-Philippe Vest.

Gangrène, une histoire d'amour, L.-J. Wagner.

Collection Dernier souffle

Le crime se cache dans les détails, Jean-Luc Ithié.

Collection Souffles magiques

L'Appel du Massous, Tome 1 : Aona, Rexane LS.

Collection Souffles courts

Derrière la balle, Fabrice Boumahdi.

Les sans-gloire, Laure Gombault.

Ultima Thulé, An de grâce 536,
Danielle Gourbeault-Pétrus et Nathalie Vignal.

Les tristes individus sont de drôles de types,
Arnaud Pétard.

Collection Le souffleur

Au commencement j'avais une mère, Nathalie Mann,
Annik Dufrêne et Denis Malleval.

Odieux festin !, L.-J. Wagner.

Collection Souffles de verre

Éclats d'étoile, Adam Caspar-Yucel.

Collection Souffles partagés

Le Monde des Backpackers - Australie,
Raphaël Paquereau.

Le Monde des Backpackers - Nouvelle-Zélande,
Raphaël Paquereau.

Collection Premier souffle

Le Grand Alexandre et la Fourmi Magique,
Nicolas Cédras (auteur) et Viginie Rigail (illustratrice).

Collection À fleur de souffle

L'enfant des services secrets, Emmanuel Muzard.

Les Éditions Souffles Littéraires tiennent à remercier :
Julien, pour la partie infographie
Amandine, pour les corrections
Jean-Didier, pour les portraits des auteurs

Retrouvez toutes les informations sur notre site :
https ://souffles-litteraires.fr/

8 rue Brillat-Savarin 75013 Paris
https ://souffles-litteraires.fr/

ISBN : 978-2-492027-37-6
ISSN : 2728-610X
Dépôt légal : février 2023

ISBN du livre numérique : 978-2-492027-38-3

Couverture : Julien Schwartz
Texte : Laure Gombault

Imprimé en France
FRHW010641060223
33824FR00009B/107

9 782492 027376